L'ALOUETTE

TWENTIETH CENTURY
FRENCH TEXTS

Founder Editor: W. J. STRACHAN, M.A. (1959–78)
General Editor: J. E. FLOWER

L'Alouette

by

Jean Anouilh

edited by

Merlin Thomas and Simon Lee

Routledge

First published in France 1953
by La Table Ronde
Text Copyright 1953 by Jean Anouilh

This edition first published in Great Britain 1956
by Methuen & Co. Ltd
Introduction and notes Copyright 1956
by Methuen & Co. Ltd
Reprinted ten times

Reprinted 1974 by Methuen Educational Ltd
Reprinted four times
Reprinted 1987
Reprinted 1988
by Routledge
11 New Fetter Lane, London EC4P 4EE
29 West 35th Street,
New York, NY 10001

Printed in Great Britain by
J. W. Arrowsmith Ltd, Bristol

ISBN 0 415 02548 6

CONTENTS

INTRODUCTION

I HISTORY

THE campaigns in which Joan of Arc was concerned are episodes in the Hundred Years War between England and France. For an understanding of *L'Alouette* it is necessary to have an outline knowledge of the part she played in restoring the fortunes of the French crown, if only because Anouilh draws very extensively upon historical fact. He has tacitly admitted in a programme note for the recent production of the play in Paris his debt to Michelet's account of the life of Joan, and as will be seen he maintains with considerable faithfulness the main lines of her story.

The Hundred Years War was a series of spasmodic campaigns. In 1415 an English offensive led by Henry V began a new phase. Its success was due not only to fine military leadership—at battles such as Agincourt—but also to division on the French side. Military power in France was wielded by two opposing factions—that of the Orleanists (or *Armagnacs* as they were more often called) and the Burgundians. The former supported the Valois kings of France in their resistance to the English, whereas the latter were more frequently in alliance with the invaders. In 1415 the senile and demented Charles VI was on the French throne; leadership of the French armies was vested in his son the Dauphin, later Charles VII. Between him and the Duke of Burgundy, Philippe le Bon, there was bitter personal enmity and in 1419 the Duke entered into an agreement with the English to pursue the war in common against the Dauphin. In the meantime, Henry V of England was negotiating with Charles VI, and a treaty was concluded between them in 1420—the Treaty of Troyes—by the terms of which the Dauphin was disinherited, Henry declared true son and heir and regent of France, and the Dauphin's sister, Catherine, given to Henry in marriage. France would not

1

be delivered to the English, rather the two crowns would be henceforth united· Henry was to crush resistance, restore order and preserve it in the public interest.

Henry V and Charles VI died in Paris in 1422 within a few months of each other. Following the Treaty of Troyes, the boy Henry VI was proclaimed king of the two kingdoms. For the length of his minority, however, his uncle, Duke of Bedford, was appointed regent in France. The country was divided into two zones. The first included Normandy, with the Beauce, Perche and Maine, governed from Rouen and suffering from the full rigours of the English military occupation—political repression, reprisals and appropriation of property, heavy taxation and economic attrition. Guerillas abounded and the peasantry resisted as a class, but there was as yet no feeling of identity of interest: the nobility, clergy and bourgeoisie tended to co-operate with the régime. The second consisted of the Anglo-Burgundian condominium, covering the Ile-de-France and Champagne, a sort of unoccupied zone with Burgundian territory to the North and to the South, generally loyal to Burgundy and well-disposed to the English, but containing centres of resistance favourable to the Dauphin. Bedford had his brother's highmindedness and led an able administration on slender resources, but in addition to his own troubles he had to contend with the uneasy Burgundian alliance and the struggle for ascendancy in England between the Duke of Gloucester, who was Regent, and the powerful Cardinal Beaufort, Bishop of Winchester.

Meanwhile, the Dauphin had taken refuge in Berry and with his followers in exile had reconstructed the government. On his father's death he was recognized throughout the central and southern provinces as Charles VII, though elsewhere he was known derisively as *le roi de Bourges*. Outwardly, conditions in the South were very much better: the lands were rich and untroubled, remote from the war, and an easy taxation yielded twice as much as in the North. Yet this revenue was squandered at the overgrown court and by an inefficient and swollen administration. The army

2

was small and ill-disciplined and lacked outstanding leaders: the Armagnac captains showed zest for skirmishing but were not equal to running a campaign. Charles himself was feeble and retiring, the more so after the Treaty of Troyes, which injured his confidence and gave him serious doubts as to his legitimacy. He was content to follow his whims and to allow himself to be dominated by others, now by Yolande of Sicily his mother-in-law, now by his mistress Agnès Sorel, now by his favourites, Arthur Comte de Richemont, appointed Constable in 1427, and Georges de la Trémouille, who with his associate Regnault de Chartres, Chancellor of France and Archbishop of Rheims, led a sort of party of appeasement. These men were not so much dangerous as petty-minded, concerned only with the negotiation of their own welfare and promotion. By comparison with English-occupied France—restive, poor but well-disciplined—the kingdom of Bourges lacked cohesion, energy, a sense of direction and purpose.

No decisive move in the war came between 1422 and 1428. Bedford and the Duke of Burgundy both had domestic problems on their hands, and the interval was taken up with diplomatic probing. However, in October, 1428, an army of about 4,000 under Salisbury and Talbot, containing a small Burgundian contingent, laid siege to Orléans. The defenders under Dunois were strong enough to hold the town for a long time for its capture would open the road into Berry. French inertia was such that any thought of relief or counter-offensive was out of the question. Morale was low and a wave of discontent, even of panic, set in. Charles thought of moving with his court to Dauphiné, Castile or Scotland; in Orléans there was talk of surrender. At this juncture Joan of Arc appeared at Chinon.

Joan was born some time between 1410 and 1412 in Domrémy, on the River Meuse, which then marked the boundary between France and the Duchy of Lorraine. The village stood in a small island of French territory, governed at that time by Robert de Beaudricourt, who commanded a small garrison at Vaucouleurs. Joan's father was a fairly prosperous farmer; she had two elder brothers and a younger brother and sister. The children grew up illiterate, acquainted in their games with the lore and superstitions of the forest country round them. Joan's early religious training seems to have come from her mother, later from the *curé*; she spent much of her time in church and showed particular devotion to Saint Margaret and Saint Catherine (her sister's name)—'. . . aussi se plaisait-elle à ouir Catherine vierge et martyre qui avait confondu à dix-huit ans les plus renommés philosophes paiens.'* She venerated St Michael too, patron saint of the region of Domrémy as well as of the Valois dynasty, on whose coat of arms he figured.

Joan's childhood was undisturbed on the whole, except occasionally when the war came close: in 1425 Domrémy was evacuated for a short time but the English soldiers passed by. In 1426 Joan experienced her first visions accompanied by voices. At first the directions were not precise: 'Jeanne, sois bonne et sage enfant; va souvent à l'église' and 'Jeanne, va au secours du roi de France et tu lui rendras son royaume.' Joan was naturally enough afraid at first and kept these things to herself. The visions continued, however, and the mystic communion with Saint Michael became part of her life though she resisted what she was told to do. With the resumption of the war in 1428 Joan's visions increased in frequency and point: Saint Michael 'lui racontait la pitié qui estoit au royaume de France' and told her: 'Tu iras trouver M de Beaudricourt, capitaine de Vaucouleurs, et il te fera mener au roi. Ste. Catherine et Ste. Marguerite viendront t'assister.' Joan was incensed to learn of the siege of Orléans, all the more perhaps because at the time the Duke and poet, Charles d'Orléans, who was certainly widely known and liked, was a prisoner in English hands. Early in 1429 she left Domrémy for the last time.

In Vaucouleurs Joan had some trouble to persuade Beaudricourt of her mission, but her devoutness, determination and popularity eventually swayed him. With a letter

* This and subsequent quotations in this section are taken from the contemporary account of the trial.

4

for the king and an escort of six men-at-arms she left on 13th February 1429, journeying mainly at night and arriving at Chinon ten days later. There she was delayed and questioned for two days before being allowed to see the king. But miracle-workers were much in evidence at the court; moreover, Joan's reputation had preceded her there, and Queen Yolande easily persuaded Charles to receive her. Michelet relates how she was brought into his presence. Charles had taken some disguise but she found him out among a group of courtiers and kneeling before him said, 'Gentil Dauphin, j'ai nom Jehanne la Pucelle. Le Roi des cieux vous mande par moi que vous serez sacré et couronné en la ville de Reims et vous serez lieutenant du Roi des cieux qui est roi de France.' (Domrémy, where Joan was born, suggests a connection with the Abbey of Saint Rémy at Rheims, which perhaps helps to explain the extent to which the idea of Rheims, and of the coronation there, dominated her mind. She was always careful to address Charles as Dauphin until he had been crowned.) Later Charles drew her aside and she whispered to him in confidence: 'Je te dis de la part de Messire que tu es vrai héritier de France et fils du roi.' Historical records tell how the expression on the Dauphin's face immediately changed. Subsequently at Joan's trial much was made of the 'King's secret' which was alleged to be the source of her hold upon him and which she refused to divulge, except to her confessor, and indeed nothing could have been better calculated to win him to her. However, to assure himself of her orthodoxy, Charles made inquiries about her at Domrémy and sent her to Poitiers to undergo a fortnight's examination by a group of lawyers and theologians; their conclusion was that in her was only 'bien, humilité, virginité, dévotion, honnêteté, simplesse.' Yolande of Sicily, who had become Joan's protector, then took her to Tours, where she was fitted with armour and where she also found her sword behind the altar in the church of Saint Catherine.

The Army of the Maid assembled at Blois and on 28th April 1429, left for the march on Orleans. Joan had as her companions in arms La Hire, Xaintrailles, Bueil, Ambroise de Loré, Gilles de Retz and the young Duke of Alençon, to whom she became especially attached. During the night of 29th–30th April she succeeded in entering Orléans with a small force, from there she proceeded to transmit this message to the besieging English: 'Rendes à la Pucelle cy envoiée de par Dieu, le roy du ciel, les clefs de toutes les bonnes villes que vous aves prises et violeés en France. . . . Je suis cy venue de par Dieu, le roy du ciel, corps pour corps, pour vous bouter hors de toute France.' Knowing nothing of the art of war, simply by her presence striking heart and spirit into the garrison, bearing a white banner with the device: 'Jésus, Maria,' as if to symbolize a new crusade, Joan inspired such a violent sally that on 8th May, ten days after her entry, the siege was abandoned. The English were driven from their strongholds along the Loire, and a relief army was routed on the 18th June at the battle of Patay.

The news produced a wild enthusiasm throughout the French provinces and popular imagination supplied countless legends of the origin and upbringing of the Maid. Those around her, in particular the nobles she had won to her cause, venerated her as if she had been sent from God. Bedford wrote to England of the fear and sense of persecution which this agent of the devil had inspired in his men. In this climate of fervour and with the prestige of the English so low, Charles could not remain indifferent. He honoured her in spite of the efforts of La Trémouille and the Archbishop of Rheims to minimize her role, and consented, though without apparent enthusiasm, to proceed to Rheims at once as Joan wished.

The procession set out on 29th June, 1429. Such an enterprise across enemy-held country seemed rash, but in the event it turned out to be easy. The peace-loving *bourgeois* of Champagne dared not resist an army twelve thousand strong, swept by the tide of events and the elation of the moment; even Troyes, assured that its privileges would be respected, welcomed Charles and paid homage to the Maid.

6

On 16th July, Rheims was entered and on the following day the Coronation ceremony took place. 'Et qui eut veu ladicte Pucele accoler le roy à genoulx par les jambes et baiser le pied, pleurant à chaudes larmes, en eust eu pitié, et elle provoquoit plusieurs à pleurer en disant: Gentil roy, ores est executé le plaisir de Dieu, qui vouloit que vinssiez à Rheims recevoir vostre digne sacre, en monstrant que vous estes vray roy, et celuy auquel le royaume doit appartenir.'

Thus Joan's immediate mission was accomplished. The moral effect of her triumph was tremendous abroad as well as throughout English-occupied France. Large tracts of Champagne and the Ile de France were overrun and the reverberations caused Bedford to move his quarters to Rouen. Laon and Soissons came over to the loyalist side, Senlis and Beauvais surrendered without trouble and Compiègne was taken by assault. It was expected that Paris would fall and that the march on Rouen would be begun. The victorious army camped within sight of Paris but on the 8th September a premature assault on the town from the Saint Denis side was unsuccessful and Joan, who was leading it with the Duke of Alençon, was wounded near the Porte Saint Honoré. As well as causing a great deal of local indignation because that day happened to be the Feast of the Nativity of the Virgin, the incident served to underline an inevitable sense of anticlimax following on the Coronation. Charles called the armies back South of the Loire and paid them off for the winter. The pause was sufficient to break the momentum of triumph and reverse Joan's fortunes.

Joan declined to stay at court but spent the winter lamely and unsuccessfully laying siege to La Charité, near Nevers. In the spring she returned North to fight with the Armagnac captains whose bands were roving near the Marne, Aisne and Oise. Compiègne, a key town on the road from Paris to Picardy, had been surrounded by a force under Jean de Ligny, a vassal of the Duke of Burgundy, on 20th May. On 23rd May Joan entered the town with a small party in order to relieve the garrison. The same evening during the course of a sally she became separated from her companions and fell into enemy hands. The news of her capture caused consternation everywhere in the minds of ordinary people, especially in the Loire valley, where Joan was known and loved. Yet the commander of Compiègne, Guillaume de Flavy, a relative of the Archbishop of Rheims, made no effort to free her, nor did Charles to buy her back. For him it would have been an easy matter to ransom her, but Joan had her enemies in the French court who had done their best to discredit her with the king and now he seemed unconcerned about her value to him as about her fate. For the English, however, such an opportunity was too good to lose. Bedford, with the ecclesiastical support of the University of Paris, put pressure on the Duke of Burgundy to sell Joan, and eventually the deal was made for a fee of 10,000 pounds. In November, 1430, she was conveyed to Rouen and imprisoned in the *Vieux Château* under English guards.

In order to forestall a possible defection in Normandy, Henry VI had been brought over to Rouen during the summer of 1430, but his coronation in Paris in December of the following year came too late to eclipse the ceremony at Rheims. Even so, the English were quick to realize that their prize provided them with the means of bringing disrepute upon Charles. Joan was to be tried as a sorceress before an ecclesiastical court and the University of Paris was entrusted with finding ways to secure her legal condemnation. The trial was in fact a political one and given the widest publicity as such, but with all the features of inquisitorial procedure and impartial justice. The nature of the charge gave Joan the right—in the event denied her —of being held in an ecclesiastical prison.

After long preparations the trial opened in Rouen on 21st February, 1431. Pierre Cauchon, Bishop of Beauvais —in whose diocese Joan had been captured—was by right president of the tribunal; the prosecutor was his friend and vicar-general, Jean d'Estivet. More than a hundred assessors, recommended by their anglophile attitude, were appointed.

For them there was no doubt about the guilt of the accused: having brought grace and favour to the cause of Charles VII she could only be the devil's emissary. The tribunal sat in the *Château* under the eye of Warwick, the military governor, and of the Cardinal Bishop of Winchester, who had accompanied Henry VI from England. The preliminary questioning lasted until 17th March. Joan's good sense and her candid and spirited replies confounded the casuistry of her accusers; the initial charge of sorcery was abandoned for one of heresy concerning her refusal to reveal certain details of her mission, to submit herself to the Church—as represented by the tribunal—on the question of her orthodoxy, and to leave off wearing men's clothing. 'Je suis venue au roi de France,' she said, 'de la part de Dieu, de la Sainte Vierge Marie, et de tous les saints de Paradis, et de l'église victorieuse de là-haut, et par leur commandement; et à cette église-là je soumets tous mes bons faits et tout ce que j'ai fait ou ferai.' Belief in direct divine inspiration was sufficient to condemn her. The formal charge was read to her on 27th and 28th March; neither this nor the venom shown by the prosecution, the '*exhortations charitables*' of Cauchon, the threat of torture and the scaffold were able to destroy her serenity or make her renounce her mission. On 24th May, Joan was taken into the cemetery of Saint Ouen and there in the presence of the Cardinal Bishop of Winchester, the body of her assessors and a mass of English soldiery and townspeople, Cauchon made three requests to her to renounce and then began to read out the condemnation which would deliver her to the secular power to be burnt alive. In a momentary weakness, Joan interrupted the reading, confessed and abjured. She was thereupon sentenced to perpetual imprisonment 'avec le pain de douleur et d'angoisse, de telle sorte que là tu pleures tes fautes et n'en commettes plus qui soient à pleurer,' and taken back to the *Vieux Château*. But on 28th May she recovered herself, retracted, reaffirmed her faith in her voices and in her mission, and resumed her male attire. Declared a relapsed heretic by the Church she was delivered

9

to the English, who on 30th May 1431 had her burnt at the stake on the *Place du Vieux Marché*.

The marvel of Joan of Arc's triumph and martyrdom left its mark deeply on the course of events. The devotion to her of those she led and the fascination she aroused in her enemies need little explanation in a century which only too readily sought signs of the divine—or the diabolical—working in human history. Yet what was impressive and original about her and the undoubted cause of her success was not her sense of exaltation nor her military prowess—there are plenty of instances of both among girls in fifteenth century France—but rather her quite extraordinary lucidity and common sense. Her enormous popularity did not survive her captivity: patriotism was not yet strong enough to create an effective public opinion. Her death did not appear to move Charles VII, yet perhaps he was unable to forget, for he it was who ordered the trial in view of her rehabilitation in 1455. For Joan gave new life to the Valois dynasty by turning the course of the war in its favour and linking to it those who called themselves Frenchmen. Thereafter the crowned king might with reason stigmatize those who refused him obedience. So Joan in some sort awakened a feeling of national consciousness, and beyond the apathy surrounding her death it was possible to see the fulfilment of her mission 'to boot the English out of France'—in 1453 Calais was the only French soil left to the invaders.

II ANOUILH'S MODIFICATIONS

ANOUILH'S treatment of Joan's childhood and family background is fanciful though not entirely unreasonable in the light of what little evidence there is available. For instance, Michelet—whose *Histoire de France* provides Anouilh with his main source—records that her father 'rude et honnête paysan jurait que si sa fille s'en allait avec les gens de guerre, il la noierait plutôt de ses propres mains.' Also that her family sought to marry her in the district, hoping thus to deflect her from her purpose, and that Joan in order to escape their authority sought the protection of an uncle, who arranged her visit to Beaudricourt. On the other hand, all Joan's utterances indicate great affection for her family and village, and it is recorded that when she left for Chinon two of her brothers went with her.

Again, Beaudricourt's reception of Joan is reasonable as portrayed. According to Michelet, he at first banteringly told her that he would have to send her back to her father 'bien souffletée'; but under public pressure he called in the *curé* of Vaucouleurs to examine her and this man's report, her popularity with the local people and the fact that she had warned him of a French reverse at Orléans— *la journée des harengs*—before the news officially reached him, finally allayed his suspicions. Joan's horse and armour for the journey to Chinon were supplied by the people of Vaucouleurs, Beaudricourt providing only her sword.

The court scenes at Chinon are not inconsistent with what is known about *le Roi de Bourges:* Charles's demeanour and his susceptibility to feminine influence are equally likely. It may be noted, however, that Richemont and not La Trémouille was Constable at this time. Anouilh makes no direct mention of the long theological examination at Poitiers (p. 5). More important, *le secret du roi*

11

concerning Charles's legitimacy, which is said to have had so profound a psychological effect on him, is here communicated by Joan in front of the whole assembly, its place is taken by Joan's recipe for courage given to Charles in an imagined private interview.

Joan's military successes do not form an episode in themselves and are only cursorily mentioned in the link passage between parts I and II (pp. 95–6), where Warwick makes use of the symbol of '. . . la petite alouette chantant dans le ciel de France' and then with admirable dramatic terseness extends the metaphor to Joan's capture: 'Allez! La petite alouette est prise. Le piège de Compiègne s'est refermé.' Neither does the Coronation form a scene in itself but is consigned to the end of the play to form a final tableau. Of Joan's fighting companions only La Hire is given a role in the play, a character representative of all the rest who followed her and whose camaraderie she shared—with the special overtones this theme produces in Anouilh's plays. Even so, his portrait seems a likely one: Michelet relates how the *vieux brigands armagnacs'* underwent the experience of conversion as a result of Joan's presence. The Gascon La Hire dared no longer swear in her company though she did retract enough to allow him to swear 'par son bâton.' La Hire's prayer before battle perhaps shows that Anouilh has set his character in its authentic key: 'Sire Dieu, je te prie de faire pour La Hire ce que La Hire ferait pour toi, si tu étais capitaine et si La Hire était Dieu.'

In the trial scene, Cauchon's character is altered to fit the dramatic role he is given. In reality he was implacable. Nor does Anouilh mention that it was he who negotiated Joan's purchase on behalf of the English. The attitude of the Prosecutor d'Estivet as represented in the *Promoteur* looks to be substantially correct, though his fanaticism turns him into a figure of fun. That the dominant role in the trial should go to the Inquisitor is a falsification which Anouilh makes for his own special reasons (see p. 31). The Inquisition, whose ceremonial was followed at that time in

12

all Courts of Justice, was in fact represented not by the Inquisitor in France but by a Dominican monk who received rather reluctantly his appointment by Cauchon to sit as Vice-Inquisitor and co-President; it appears that his position was purely formal and that he played no significant part at the trial. Again, Martin Ladvenu was not really Joan's advocate, though historically he does reappear and give evidence in her favour at the rehabilitation trial in 1455; the role given him by both Shaw and Anouilh was in fact roughly taken by an Augustinian monk, Isambard de la Pierre. The circumstances of Joan's abjuration are not quite true to fact—though her momentary weakness before the final act of refusal fit her admirably into the pattern of Anouilh heroines (see pp. 23–7)—but there is no evidence that the English were anything but extremely displeased by it. On learning it, without respect of persons, they threw stones at the assessors on the platform, at the same time shouting 'Prêtres! Vous ne gagnez pas l'argent du roi.' Locally the prestige of the young Henry VI was felt to hang on Joan's condemnation and death; Warwick is recorded as having said: 'Le roi va mal, la fille ne sera pas brûlée.' The little scene of Charles' visit to Joan in prison is of course a fabrication, but the discussion of Joan's future life, the congratulations and the contrast of her person with that of Agnès Sorel and the two queens have essential dramatic point. Of these three, only Yolande of Sicily is mentioned in connection with Joan's reception at Chinon; certainly Charles took all three with him to Rheims.

To conclude, Anouilh's modifications are all made for dramatic reasons of simplification and emphasis. He is too good a dramatist to interfere with the story he has chosen, and even his presentation of the trial does not falsify the tone of historical fact. Apart from the one scene that is pure invention, the others may be regarded as episodes set against the background of the trial and referred to in the course of it. Warwick is given the function of introducing and linking these episodes; he is there to give the play its momentum and to fulfil the role of a chorus, though **an** unimpartial one. Evidently Warwick's part is distorted and given undue importance, but necessarily and brilliantly so, when Joan's career is presented not chronologically but as reconstructed in the course of the trial. At the same time Anouilh is free to use him both as a vehicle for political themes and as a butt for mild satire at the expense of the English. Michelet's own conception of Warwick is not so very different: 'l'honnête homme selon les idées anglaises,' but unpardonably self-righteous.

III STRUCTURE

MANY people will have Shaw's *Saint Joan* in mind when they read or see *L'Alouette*, and the two plays have enough in common for the one to provide a good standard of comparison in a study of the other. What makes them alike is submission to the feeling aroused in their authors by Joan and their use of the same original sources. But there are obvious differences in structure and intention, and one of the ways to an understanding of Anouilh's play is through noticing these. The question of intention will be left to a later section dealing with Anouilh's ideas; here we shall be concerned to make some general remarks about the structure of the play and then to proceed to analyse it in detail.

Shaw, it will be remembered, though interested in the same episodes in Joan's life as Anouilh generally speaking, sticks closely to the chronological order of events when building his scenes: even the Epilogue—where the figures in Joan's life and those involved in her rehabilitation meet in a precisely situated limbo which links the past with the future—does not offend this. Anouilh, however, utterly upsets this order: we stand Joan's trial with her, or are made ourselves to play the part of her assessors, while we watch her story spring to life as the evidence given at the hearings is enacted before us. Thereby the audience is furnished with a perspective *on* the event simultaneously with the event itself. This technique of what we may call double perspective is perhaps the most striking single feature of the play, certainly the one that best accounts for its theatrical qualities.

One of Anouilh's great and undoubted merits is that of being playable. He is a brilliant craftsman whose handling of pace, mood and character in such a way as to contrive,

15

when he wishes to, the maximum dramatic impact, falls little short of Beaumarchais. Both give the impression of being completely at ease in manipulating stage effects. Anouilh's comedies show affinity too with those of another eighteenth century writer, Marivaux (*La Répetition* directly invites this comparison) for in both we see dialogue which is vivacious and seemingly trivial, being used to cover underlying emotions which are deep and sincere. Structure is *imposed* on these plays from without, it does not merely mean the way a subject is treated in vaguely theatrical terms.

Often Anouilh is concerned not to create the illusion of life, but to flout it by an unashamed excursion into fantasy, which is a sort of distorting mirror to reality; or by other flights of fancy where verisimilitude is all the stronger just because certain naturalistic conventions are cast aside.

In *Antigone*, for instance, we are made to feel that what we are watching is a play and nothing else, moreover that we are participating in it. Similarly, in *L'Alouette*: the actors stroll on to a stage, left as they left it at a previous performance, and decide between themselves where to begin the story, what shall be included and what left out; Cauchon and Warwick decide the order of events with the licence they presumably had to do so at the trial, but everyone's role is determined by a probable historical attitude and these govern the interventions each actor makes. So it is quite fitting that Warwick should wish the battles to be left out and Cauchon reassure him that their staging would be impracticable, that Beaudricourt in his impatience to play his scene should step forward early, that someone should ask who was to do the Voices; these are merely the more obvious tricks of a stagecraft which seeks to let the audience into the author's secrets. That this technique is not only extremely telling in the theatre but exciting, too, Anouilh proves in a way that had been done earlier— though for different ends—by Pirandello. Apart from *L'Alouette* the deliberate mixture of pretence and reality in Anouilh's theatre is best studied in the *Pièces Roses* and

16

Pièces Brillantes plays of intrigue, where all else is made subservient to the structure.

In *L'Alouette* Anouilh does not give indications of formal division into Acts and Scenes: like *Antigone* the play is written as a continuous narrative. Its episodes are treated rather as movements from which the dramatic shape of the whole develops, and an examination of the way in which these are linked will show the effectiveness of the play's dramatic structure and the use made of what we have described as double perspective.

The play can be divided into two parts. In Part I—which ends with the benediction of Charles, Joan and La Trémouille by the Archbishop (p. 95)—the emphasis lies on the episodes in the life of Joan, with events in the Tribunal providing the link. In Part II this is reversed: the Tribunal concerns us principally and episodes from Joan's life form interpolations.

PART I (pp. 1–95)

THE ALLEGED 'SORCERY' OF JEANNE

Prologue (pp. 41–2). The convention of the play is established, and a succinct exposition of the political aspect of the trial, and of the characters of Cauchon and Warwick is given. Cf. Chorus at the start of *Antigone*.

Scene 1 (pp. 43–60). *La Famille, les Voix.*

Exposition of the character of Jeanne. The issue of sorcery is examined. The atmosphere of the Court is made plain in the interpolation (pp. 43–52) which involves the *Promoteur*. Warwick provides the link back to Jeanne's narrative.

Scene 2 (pp. 60–9). *Beaudricourt.*

Straightforward narrative without interpolations. Jeanne's handling of Beaudricourt has no element of sorcery.

Link Passage (pp. 69–72). Discussion between Warwick and Cauchon containing the latter's understanding appreciation of Jeanne and further explaining the political implications of the trial. Warwick (page 72) provides the link into

Scene 3 (pp. 72–84). *Le Roi de Bourges.*

Again no interpolations: the trial atmosphere is quitted until the end of Part I. Exposition of the political situation on the Valois side, of the character of Charles and of the functions of La Trémouille and the Archbishop. Tension is relaxed: a scene of high comedy: Jeanne not participating—the only time in the whole play. Leads directly into

Scene 4 (pp. 84–95). Jeanne and Charles: *le Secret du Roi.*

Subdivided:

(*a*) Jeanne at the Court of Chinon (pp. 84–6).

She proclaims for all to hear the historical 'Secret' (p. 85) regarding the legitimacy of Charles.

(*b*) Jeanne and Charles (pp. 86–94).

Anouilh's version of the 'Secret.' Jeanne uses a more sophisticated technique than with Beaudricourt.

(*c*) Discomfiture of La Trémouille and Archbishop (pp. 94–5).

Climax, tableau, end of Part I.

(N.B. Part II does not fall into *Scenes* like Part I, but is really one long scene before the Court made up of a number of *stages* with illustrative interpolations.)

PART II (pp. 95–137)

THE TRIAL OF JEANNE FOR HERESY

Link Passage (pp. 95–6). Again by Warwick, leading us via the image of the '*Alouette*' through all Jeanne's military triumph through the Coronation at Rheims, to her capture and imprisonment. Stage direction (p. 96) emphasizes her isolation before the Court.

Stage 1 (pp. 96–102). The examination begins.

Cauchon first and then the *Promoteur* question Jeanne

on the nature of her voices and on her obedience to the Church. This leads to a more general theological discussion concerning miracles. All this working up to the key conflict with the Inquisitor by introducing the arguments regarding the nature of man. Climax (p. 102) broken by the intervention of the Inquisitor.

Stage 2 (pp. 102–9). The Inquisitor and Jeanne.

The tempo changes. Andante. Quiet yet menacing. The Inquisitor's technique:

(*a*) (pp. 102–4) Gentle re-creation of Jeanne's past, displaying insight and understanding.

(*b*) (pp. 104–6) The brush with Ladvenu. True nature of Inquisitor revealed—earlier perhaps than he meant due to Ladvenu's ingenuousness. (N.B. The only words spoken by the Inquisitor before this scene—v.p. 50—had brought him up against Ladvenu.) The power of the Inquisitor over the Court is indicated (p. 106).

(*c*) (pp. 106–9) Reversion to mood of (*a*), but now the realization of the sinister power behind the questioning.

Interpolations (pp. 109–13). Link into the La Hire episode. Cauchon on Jeanne's love of war.

(pp. 109–12) The La Hire episode. The loyalty Jeanne inspired and the comradeship of battle.

(pp. 112–13) Link into Stage 3. An ironical comment on the preceding episode—Jeanne is told of her desertion by the Armagnac captains—which enables Cauchon to urge her to abjure. It is her firm—and critically important —statement on submission to the Church in matters of *faith* but not of *fact* (p. 113) that leads into

Stage 3 (pp. 113–26). Jeanne is made to abjure.

(*a*) (pp. 114–15) The Inquisitor on Pride. He formally demands her excommunication and death.

(*b*) (p. 116) The executioner. *Emotional* pressure on Jeanne.

19

(c) (pp. 116–20) Cauchon tries *reason*. Tempts her with the hope of an easy way out. Reveals that Charles has disavowed her. (*Cp.* Technique of Créon in *Antigone*.) Jeanne has hardly spoken throughout Stage 3 until this point, but she now agrees to consider giving the answers required.

(d) (pp. 120–6) Step by step she concedes—and even agrees to abandon her male attire.

Link Passage (p. 126). Warwick prefers the abjuration to a martyrdom which would give Jeanne a kind of victory.

Stage 4 (pp. 127–33). Jeanne recovers her sense of mission.

(a) (pp. 127–8) The Royal congratulations.

(b) (pp. 128–9) Jeanne's soliloquy. The only moment in the play when she is alone. Her voices do not reply, because she has betrayed herself.

(c) (pp. 129–33) Warwick and Jeanne. (*Cf.* Créon and Antigone, after Créon's momentary triumph in *Antigone*.) Warwick's vision of possible later happiness for Jeanne tips the scale. She withdraws her abjuration. (See p. 25, The ideas of Anouilh.)

Short Link (p. 133). Warwick. Comic relief line.

Stage 5 (pp. 133–7). The Glorification of Jeanne.

(a) (pp. 133–5) The scaffold erected. Jeanne's last words.

(b) (p. 136) Beaudricourt's intervention. Warwick leaves before the unhistorical ending.

(c) (pp. 136–7) Epilogue. The tableau of the coronation. Rheims triumphs over Rouen.

Part I is very straightforward. It gives us the exposition of character and necessary explanations of the political background, and it moves steadily towards the climax where Joan wins the confidence of Charles. Only the brief intervention of the Inquisitor foreshadows the grimness of the trial in Part II. Warwick, it is to be observed, fulfils from the start the function of a kind of Chorus, by virtue of the fact that he stands theoretically apart from the Tribunal although the Tribunal sits in the shadow of the *Vieux Château* from which he governs Rouen.

Part II is more tense and more complex. The pace of the action and the dialogue varies within the Stages and there are a number of minor climaxes (*e.g.* pp. 102, 106, 113, 126, 132), which grow in dramatic violence until the triumphant conclusion of the play.

IV IDEAS

NEITHER philosopher nor moralist in any strict sense, Anouilh nevertheless bases his plays upon a certain set of ideas which he states without attempting their defence or justification. If his point of view is accepted as a hypothesis, then what happens in his plays is seen to follow automatically and logically. Without suggesting a value judgment of any kind, it is reasonable to compare this method with that of seventeenth century French tragedy. If we are willing to accept, say, Corneille's concept of '*gloire*' as the maintenance of the integrity of the individual, then the whole of his theatre becomes comprehensible and moving. In the case of Racine, we must for instance accept the notion of sexual passion being an irresistible, destructive force. The formulation of a simple system such as these has great advantages for the dramatist, since the spectator has only to give provisional assent while watching the play in order to be emotionally carried away by the implacable unfolding of events. He may, upon subsequent reflection, disagree with the dramatist's first premises, but at the time of *performance* the impact on his feelings is what matters most and what produces aesthetic pleasure.

It is important to realize, therefore, that when we employ the phrase the 'ideas' of Anouilh we do *not* imply that he is writing to *defend* a point of view or attempting to persuade us intellectually of its truth. He is merely writing *from* a point of view, the validity of which is not discussed.

In considering his system, we shall confine ourselves in the main to those parts of it which are relevant to *L'Alouette*.

There are two races of human beings: heroes and ordinary mortals. 'Heroes' are those who have the greatest capacity for joy and suffering and who can confront death with confidence and even joy. It often transpires that once they have experienced the intensest happiness, the prospect of subsequent life and its gradual humdrum round of lessening contentment is distasteful to them, and so they say 'No' to life, preferring death. The 'heroic' quality is usually for Anouilh associated closely with death, with revolt against ordinary existence, with an ardent idealism that seeks a perfection unknowable upon this earth. His views on the two kinds of humanity are nowhere more clearly expressed than in these words spoken by Monsieur Henri towards the end of Act II of *Eurydice*: '. . . il y a deux races d'êtres. Une race nombreuse, féconde, heureuse, une grosse pâte à pétrir, qui mange son saucisson, fait ses enfants, pousse ses outils, compte ses sous, bon an mal an, malgré les épidémies et les guerres, jusqu'à la limite d'âge; des gens pour vivre, des gens pour tous les jours, des gens qu'on n'imagine pas morts. Et puis il y a les autres, les nobles, les héros. Ceux qu'on imagine très bien étendus, pales, un trou rouge dans la tête, une minute triomphants avec une garde d'honneur ou entre deux gendarmes selon: le gratin. . . .'

A familiar pattern of an Anouilh tragedy (or *Pièce Noire*) is along the following lines. Intense happiness in love is experienced by two characters, who in their absorption with each other seem to cut themselves off from ordinary material existence and to inhabit an idealized dream world of their own creation. But the past weighs upon them with its load of corruption, destroying the ideal, and death or separation must result (*cf. La Sauvage, Eurydice*). (In the comedies, or *Pièces Roses*, the obstacle created by the past is found to be less significant, and happiness in the world of fantasy can ensue.)

In *L'Alouette*, of course, the theme of love is absent, but the eventual refusal of life by Jeanne (*viz.* her scene with Warwick, pp. 131 *et seq.*) is motivated in much the same way as elsewhere in Anouilh. What leads her to withdraw her recantation and face death is her realization that acceptance of life means acceptance of the lesser, trivial and miserable satisfactions of life—*les petits lambeaux de bonheur* as Antigone calls them—as well as betrayal of her own ideal of her mission and of her Voices.

For life taints all that it touches, and the shock of this discovery to Anouilh's heroes (and heroines) is the spring of their fastidious gesture of refusal as they grow up into a world of corruption, where happiness and success depend on learning the rules of compromise and hypocrisy: 'c'est un truc pour les malins le bonheur, pour les habiles. . . .' remarks Thérèse in *La Sauvage*. Confronted with this, they sheer off and refuse the responsibility of living altogether, preferring to adopt the child's open and unruly defiance and refusal to understand; and in their thirst for purity they envisage only two ways of escape, the first being unrealizable—a return to the innocence of childhood—and the second being death. Antigone says to Créon at the moment of crisis: 'Moi, je veux tout, tout de suite, et que ce soit entier — ou alors je refuse! . . . Je veux être sûre de tout aujourd'hui et que cela soit aussi beau que *quand j'étais petite*—ou *mourir*.' They never contemplate the acceptance of prosaic happiness: in fact they usually call it '*sale* bonheur.' Jeanne in *L'Alouette* does not use these words, but implies this when she says to Warwick: 'Mais je ne veux pas que les choses s'arrangent. . . . Je ne veux pas le vivre, votre temps. . . .' (p. 131)

Anouilh is often said to be pessimistic, but his heroes, whose intransigence makes them unable to bridge the gap between the ideal they have glimpsed and the life they are faced with, produce a feeling of uplift in their dissatisfaction, revolt and downfall. Those who bring this charge surely fail to distinguish between a conception of life that is both sombre and savage (where the heroes—and often not only the heroes—refuse to pretend), and conclusions that follow from the integrity of the protagonists. If Jeanne had in fact decided to settle for a term of imprisonment and a pension, then we might be justified in talking of pessimism; similarly, if Antigone had been less exacting or if Créon had pardoned her, if Thérèse had married Florent in the end, or, to take another play, if Colombe and Madame Alexandre had been nice to Julien. As it is, Anouilh's system makes for an atmosphere of triumph and exaltation at the end of the action, which mingled with the pity felt at the death or defeat of the 'hero' serves to stir the emotions of the spectator in the tragic manner accepted since Aristotle.

But this would not be the case necessarily were there not one other element present—inevitability. The epithet '*sale*' is attached by Anouilh not only to '*bonheur*' but also to '*espoir*' in a tragic situation. The chorus in *Antigone* observes in striking terms: '. . . Dans la tragédie on est tranquille. D'abord on est entre soi. On est tous innocents en somme! Ce n'est pas parce qu'il y en a un qui tue et l'autre qui est tué. C'est une *question de distribution*. Et puis, surtout, c'est reposant la tragédie, parce qu'on sait qu'il n'y a plus d'espoir, le sale espoir; qu'on est pris, qu'on est enfin pris comme un rat, avec tout le ciel sur son dos, et qu'on n'a plus qu'à crier, — pas à gémir, non, pas à se plaindre, — à gueuler à pleine voix ce qu'on avait à dire, qu'on n'avait jamais dit et qu'on ne savait peut-être même pas encore. Et pour rien: pour se le dire à soi, pour l'apprendre, soi. Dans le drame, on se débat parce qu'on espère en sortir. C'est ignoble, c'est utilitaire. Là, c'est gratuit. C'est pour les rois. Et il n'y a plus rien à tenter, enfin!'

In *L'Alouette* this notion of the casting of the parts in tragedy is very much reinforced by the way the story is told. The very device of *re-enacting* the scenes of Jeanne's life, emphasizing as it does the recapitulation of actions already past, known and immutable, brings across to the audience not only the feeling that the protagonists are simply playing the parts allotted to them, but that these parts have been pre-ordained for the characters they represent. (There is a striking instance of this on p. 55 of *L'Alouette*).

One would think that knowing in advance what is going to happen would lessen our pleasure and interest, but in fact the opposite is true. As in Greek tragedy, there is no play on tension but instead our admiration is held by the spectacle of the hero taking the consequences of breaking the rules of life, and we weigh the odds in his favour though we know he is going inexorably to his doom. And once it is certain, the hero's destiny sets him apart and renders his character finally heroic; so, immediately before the confrontation of Antigone and Créon, the chorus comments: '. . . La petite Antigone est prise, elle va pouvoir être elle-meme pour la première fois.' And, in her moment of recantation, Jeanne rededicates herself: 'Hé bien, j'assume, mon Dieu! Je prends sur moi! Je vous rends Jeanne! Pareille à elle et pour toujours! . . .'

There is of course one way in which *L'Alouette* steps outside the range of the ordinary '*Pièce Noire*' situation. Jeanne's death has a wider triumphant meaning than that of Antigone, which was so much for her own sake alone. Hence the brilliant theatrical device of the ending of the play, with its pronouncement, true in the *deepest* historical sense despite what actually happened—'Jeanne d'Arc, c'est une histoire qui finit bien.'

Anouilh's work is compelling largely because he writes from a definite point of view: in twenty plays written over twenty years by an extremely versatile mind, the outlines of his ideas have scarcely changed, and the landscape— where the dark predominates—is by now a familiar one. The conclusions of a system of ideas such as we have tried to summarize are largely negative, but then Anouilh does not seek to offer an explanation of life or a solution, and regards it as none of his business to do so. It is sufficient that he sees life in this way, and mercifully he is not a dramatist who needs a preface in which to interpret himself. We should be wary of seeking signs and messages in his work or attaching labels to him where they do not apply; particularly so in a play like *L'Alouette*, where the heroine's sacrifice is not made in lonely isolation, like Antigone's, but in the name of humanity. This time, the enemy is the Church and not society—as a whole or in part—or the State; yet, like these, the Church is worldly and the disparity between its moral tenets and Jeanne's quest for perfection is the same conflict as before but in another form.

Jeanne's compassion can moreover be traced in Thérèse Tarde, La Sauvage, who found she had to associate herself with the rest of humanity in the shadow of her past: '. . . et elle part, toute menue, dure et lucide, pour se cogner partout dans le monde.' Finally, *L'Alouette* is a faithful representation of the facts and circumstances of history; its author knows his job too well to seek to play with the story or alter its emphasis in order to supply a message. Anouilh has written about his play: 'Il y a le phénomène Jeanne, comme il y a le phénomène pâquerette, le phénomène ciel, le phénomène oiseau. Faut-il que les hommes soient prétentieux pour que cela ne leur suffise pas?'

It is far too soon to evaluate Anouilh's theatre but he has made a powerful and abiding impact on wartime and post-war audiences. All that can be said at this stage is that his point of view would seem to be more than just a clever dramatic attitude. The degree to which his work is impregnated with a sense of shock, with an elegiac quality of loss and regret, suggests that it is deeply heartfelt. There is a compulsion about its feeling which is the best guarantee, perhaps, of its survival. In spite of his success, neither the pattern nor the force of his ideas has changed. Why he writes as he does is not our concern; sensibly Anouilh has supplied no key for that inquiry which springs from a mistaken and contemporary attitude of mind, more interested in a writer's motives than in his results.

V CHARACTERIZATION

ANOUILH does not attach great importance to characterization. His characters have no thickness about them: they do not seem to exist on their own or to be capable of undergoing changes or starting them in others. They are more like dice or counters shuffled about by their creator, and, once we know the game, we recognize them and can predict how they will be moved. This lack of subtlety in characterization is not necessarily a defect. The very fondness for classical themes which he shares with a number of his contemporaries in the French theatre, suggests that he deliberately chooses to use a simplified characterization where attitudes can be known in advance. The plays do not allow for or demand the development of character but its realization. Just as in Corneille, character is shown at the moment of fulfilment, the theme and the action are what count. The protagonists are confronted with a situation or a crisis which discovers to them what they are like as persons and they behave accordingly.

In *L'Alouette* we move away from some of the more recognizable types of Anouilh's theatre; this is because he has chosen a subject where the characters are given him and where he can let them speak for themselves through historical records. The character of Jeanne, for instance, is established in advance for Anouilh by the fact that he can draw on her actual remarks in the trial. Both he and Shaw bring out the strain of earthy good humour in her, and though for both she occupies the place of a central idealized figure, she is treated with a strangely touching affection. In fact, she runs away with both plays simply by being the person she was. At the same time it is not difficult to range her with the other Anouilh heroines, for her story fits his purpose very well. He describes her at the trials:

'. . . cette petite fille fatiguée, mal nourrie, hâve, maigre (*je sais, c'était une forte fille, mais je m'en fiche*)—et étrangement butée.' Like *Antigone*, she is solitary, proud, and chooses death as an act of will, but she does achieve something in accomplishing her mission to relieve Orléans and crown Charles, and the self-fulfilment of her sacrifice seems to be more positive than Antigone's '. . . pour personne, pour moi.'

All the remaining characters can be classed with those who in the language of Anouilh's theatre say yes to life, who have not achieved liberation from conventional values and who therefore fail to understand the lonely quest of Jeanne. Historically all of them are responsible for her death: indirectly, by indifference, neglect or betrayal, or directly by condemning her—all, that is, except perhaps for Beaudricourt, who is given an occasion to atone for his part of the blame by intervening at the end of the play, and Ladvenu, who is fully aware of the responsibility for that death before it occurs. Four characters stand out from this group. First of all, Warwick, who is there in order to drive the play along. Though he is not neutral, like the chorus in *Antigone*, he does not seek Jeanne's death but her disavowal. He is something of a fool with his 'petite gueule de gentleman' and his self-righteousness; at the same time he is a likeable one, because he obviously appreciates his enemy and is inclined to extend her the privileges of sportsmanship, as his last visit to her in prison shows, with his touching concern for her and wish to avoid a scandal. Cauchon is a far more subtle opponent. Though understanding and even sympathetic to Jeanne, it is his gentle firmness that finally breaks her resistance and leads to her abjuration. Like Créon, he has come to terms with life, which for a man of his mould and in his position means upholding reasonableness and political necessity. Charles is shown in three stages: as *le roi de Bourges*—indolent, limp and undecided; momentarily jerked out of this and elated as a result of Jeanne's arrival at Chinon; and then fallen back into his former state of mind, once the Coronation is over and Jeanne away.

We see the effect of success on him when he disavows her and visits her in prison, and this tends to alienate our sympathy for him at the end. In the catalogue of Anouilh's characters he might be classed as a weak version of Créon, seeking easy solutions and abandoning himself to the corruption that power brings. Finally, the Inquisitor. His role is built into one of the greatest importance, though he himself is merely a mouthpiece of Anouilh's intention to make the overall theological attitude to Jeanne one of the greatest harshness and cruelty. He speaks for the world against the hero and he knows exactly what he is after: the total destruction of the hero, because 'l'amour de l'homme' is inconsistent with 'l'amour de Dieu.'

Those who are left are perhaps better described as types than as characters. They form a sort of frieze behind the main action whose patterns are easily traced in earlier plays. Yet they often ring true with their common sense and their lack of pretence. La Hire, for instance, stands to represent Anouilh's old and tried theme of *camaraderie*, comradeship in battle and equality in love; as portrayed he is coarse and vulgar but essentially sympathetic. Beaudricourt is affectionately treated in the same way. He is coarse too: a lusty animal, whose first idea is to assault Jeanne, then he decides that she is not much his sort anyway, and allows himself to be talked into helping her to reach Chinon. Jeanne's family hark back to the 'ignoble parents' of earlier plays, though the satire is less cruel than in some. The Mother is reminiscent of the Nurse in *Antigone*; while the ragamuffin brother and Jeanne's childhood fights with him are familiar. Anouilh's fondness for working in a restricted range is well illustrated by the fact that Boudousse, one of the Guards in *Antigone*, crops up again as Beaudricourt's thick-headed servant. The Father, the Promoteur and La Trémouille conform to the grotesques, a common type in Anouilh's theatre, and are treated as pure figures of fun. The Archbishop is less of a fool but satirized similarly. Finally, Yolande, Agnes and Charles' own Queen exist not only to set off Charles but Jeanne too, just as Ismène does Antigone; they are the *femmes féminines* with their ordinary sensuality, whereas Jeanne, in line with Anouilh's other heroines, is sexually ambiguous and would probably rather have been a boy (*cp.* Antigone's '. . . ai-je assez pleuré d'être une fille!'), a left-over of adolescence and tree-climbing schooldays.

VI LANGUAGE

IF Anouilh's plays are good theatre it is largely because he makes a great deal depend on the language. His chief pre-occupation here is the acting value of his text: the actor finds that he has no embarrassing lines to say—and what a relief that is—also that the text helps him emotionally at every step and indicates beyond all doubt how he is to take it. Anouilh uses the language of everyday life and makes no attempt to emulate the *style noble* of Corneille or the elegance of Giraudoux, yet the effect is highly wrought and not facile, and, particularly in the long speeches, he gives vigorous attention to sound, rhythm and climax.

Although the vocabulary is that of everyday speech, it is deliberately heightened and unnaturalistic. Occasionally, Anouilh goes in for certain extended figures of speech, such as Créon's long Homeric simile of the ship in *Antigone*, or here the symbol of the skylark. Of course, a great deal that is most effective in *L'Alouette* are Joan's own words cited directly from trial records (*v.* Notes wherever these occur). Then there is the frequent use of colloquial language— slang with its deliberate anachronisms: *troufions, knock-out, galvaniser*, Charles' remark (p. 78) that 'il faut être premier prix en gymnastique pour être quelqu'un à cette époque' are some of the instances that come to mind. This is one of Anouilh's methods of startling his audiences, and giving a feeling of relevance and actuality to his theme from the past.

Perhaps most important of all, he likes to use a specialized restricted vocabulary to express his ideas in much the same way as the Classical seventeenth century dramatists used the *précieux* imagery of love. Here the constant recurrence of certain epithets and images creates an atmosphere outside their immediate terms of reference which we quickly recognize and become familiar with. This means not only

33

that characterization is done in a more succinct manner but that an audience is aware at once of the kind of connotations attached to *bonheur, espoir, orgueil*, etc. It is perhaps sufficient to illustrate this tendency by drawing attention to some of the adjectives applied to Jeanne during the play: *petite* (passim), *pure* (43, 45), *orgueilleuse* (49, 59), *sale* (54), *frêle, insolente* (49), *pauvre* (her smile) (56), *claire* (62), *seule, grise* (84), etc. (Examination of Anouilh's other plays will show many more instances of this deliberately simplified characterization.)

It is not possible here to do more than point out a few examples of representative stylistic devices. A full treatment would require a page by page analysis—and this of course is best done by the reader for himself. It may however be useful to call attention to four passages which illustrate interesting points.

(1) Contrasts in pace and tonality—p. 54 (Jeanne) '. . . et quand j'aurai mon escorte . . .' through to p. 55 (Le Père) '. . . Je vais te l'apprendre, moi, à sauver la France!' The effect here is wryly comical.

(2) Contrasts in rhythm and imagery—p. 101 (Le Promoteur) 'Tu blasphèmes! . . .' through to p. 102 (Jeanne) '. . . pour cette contradiction.' Here the intention is to produce a sense of climax and to lead into the grim intervention of the Inquisitor.

(3) (*a*) Development within a speech from the matter-of-fact to the quietly lyrical—pp. 95–6, Warwick (the *alouette* speech), 'Evidemment . . .' through to '. . . J'aime bien la France.'

(*b*) Development within a speech from furious eloquence to dramatic simplicity and stillness—pp. 114–15, the Inquisitor, 'Pour ce qui est . . .' through to '. . . nous n'avons pas trouvé mieux.'

The effects in both these passages are obtained by variation in the lengths of the clauses, and by changes in sound as well as by changes in meaning.

Without making extravagant claims for Anouilh as an artist in language, it is clearly reasonable to maintain that

34

his style is full of variety, tense, economical, capable of rising to imaginative eloquence and above all dramatically forceful in its bare directness. Moreover he has a very sure sense of appropriateness: the language is never in disaccord with the mood of the moment in the play. Little more need be asked of a dramatist whose medium is prose.

VII BIOGRAPHY AND PUBLISHED WORKS

JEAN ANOUILH was born in 1910 in Bordeaux. He received his education in Paris and afterwards spent two years in an advertising agency before deciding, with the publication of *L'Hermine* in 1931, to live on his theatrical writing. In that year he married the actress, Monelle Valentin, whose name is linked with the original production of *Antigone* in 1944, and became for a short while secretary to Louis Jouvet, the actor-manager. Jouvet had by this time begun his long and stimulating association with Giraudoux, and the latter's influence on Anouilh who greatly admired him was probably considerable and decisive. For some years Anouilh found it difficult to get his plays accepted by managements, but the productions by Georges Pitoëff of *Le Voyageur sans bagage* and *La Sauvage* (where Ludmilla Pitoëff played Thérèse) brought him success and led to his meeting with the producer, André Barsacq, with whom he worked at the *Théâtre de l'Atelier* during and immediately after the war. Anouilh has now become a prolific writer: a new play by him is a regular feature of the Paris theatrical season and he has written several film scenarios.

There follows a list of his published work; the date of writing is given with each play.

Pièces Noires include *L'Hermine* (1931); *La Sauvage* (1934); *Le Voyageur sans bagage* (1936); *Eurydice* (1941).

Nouvelles Pièces Noires include: *Jézabel* (1932); *Antigone* (1942); *Roméo et Jeannette* (1945); *Médée* (1946).

Pièces Roses include: *Le Bal des Voleurs* (1932); *Le Rendez-vous de Senlis* (1937); *Léocadia* (1939).

Pièces Brillantes include: *L'Invitation au Château* (1947); *Colombe* (1950); *La Répétition ou L'Amour Puni* (1950); *Cécile ou L'Ecole des Pères* (1951).

Ardèle ou La Marguerite (1949), *La Valse des Toréadors* (1951) and *L'Alouette* (1953) have so far been published separately.

Since *L'Alouette* Anouilh has written *Ornifle* (1954), *Pauvre Bitos* (1956), *L'Hurluberlu* (1958), *Becket* (1959), *Mademoiselle Molière* (1960), *La Foire d'Empoigne* (1960), *La Grotte* (1960) and *Le Boulanger, La Boulangère et le Petit Mitron* (1968).

Calmann-Levy are the publishers of *Pièces Noires* and *Pièces Roses;* La Table Ronde of the rest of Anouilh's work.

L'ALOUETTE

PERSONNAGES

JEANNE

CAUCHON
L'INQUISITEUR
LE PROMOTEUR
FRÈRE LADVENU

LE COMTE DE WARWICK

CHARLES
LA REINE YOLANDE
LA PETITE REINE
AGNÈS
L'ARCHEVÊQUE
LA TRÉMOUILLE
BEAUDRICOURT
LA HIRE

LE PÈRE
LA MÈRE
LE FRÈRE

LE BOURREAU
LE GARDE BOUDOUSSE
LE SOLDAT ANGLAIS
LE SECOND SOLDAT ANGLAIS
LE PAGE DU ROI

Un décor neutre, des bancs pour le tribunal, un tabouret pour JEANNE, *un trône, des fagots.*

La scène est d'abord vide, puis les personnages entrent par petits groupes.

Les costumes sont vaguement médiévaux, mais aucune recherche de forme ou de couleur; JEANNE *est habillée en homme, une sorte de survêtement d'athlète, d'un bout à l'autre de la pièce.*

En entrant, les personnages décrochent leurs casques ou certains de leurs accessoires qui avaient été laissés sur scène à la fin de la précédente représentation, ils s'installent sur les bancs dont ils rectifient l'ordonnance. LA MÈRE *se met à tricoter dans un coin. Elle tricotera pendant toute la pièce, sauf quand c'est à elle.*

Les derniers qui entrent sont CAUCHON *et* WARWICK.

WARWICK (*il est très jeune, très charmant, très élégant, très racé*). Nous sommes tous là? Bon. Alors le procès, tout de suite. Plus vite elle sera jugée et brûlée, mieux cela sera. Pour tout le monde.

CAUCHON. Mais, Monseigneur, il y a toute l'histoire à jouer. Domrémy, les Voix, Vaucouleurs, Chinon, le Sacre. . . .

WARWICK. Mascarades! Cela, c'est l'histoire pour les enfants. La belle armure blanche, l'étendard, la tendre et dure vierge guerrière, c'est comme cela qu'on lui fera ses statues, plus tard, pour les nécessités d'une autre politique. Il n'est même pas exclu que nous lui en élevions une à Londres. J'ai l'air de plaisanter, Monseigneur, mais les intérêts profonds du Gouvernement de Sa Majesté peuvent être tels, dans quelques siècles. . . . Pour l'instant, moi, je suis Beauchamp, comte de Warwick; je tiens ma petite sorcière crasseuse sur une litière de paille au fond de ma prison de Rouen, ma petite empêcheuse de

41

danser en rond, ma petite peste — je l'ai payée assez cher. . . .

(Si j'avais pu l'acheter directement à ce Jean de Ligny qui l'a capturée, je l'aurais eue à un prix raisonnable. C'est un homme qui a besoin d'argent. Mais il a fallu que je passe par le duc de Bourgogne. Il avait été sur l'affaire avant nous, il savait que nous en avions envie et, lui, il n'avait pas besoin d'argent. Il nous l'a durement fait sentir.)

Mais le Gouvernement de Sa Majesté a toujours su payer le prix qu'il fallait pour obtenir quelque chose sur le continent. Elle nous aura coûté cher, la France! . . . Enfin, je l'ai ma pucelle. . . .

> *Il touche* JEANNE *accroupie dans son coin du bout de son stick.*

C'est d'un coût exorbitant pour ce que c'est, mais je l'ai. Je la juge et je la brûle.

CAUCHON. Pas tout de suite. Elle a toute sa vie à jouer avant. Sa courte vie. Cette petite flamme à l'éclat insoutenable — tôt éteinte. Ce ne sera pas bien long, Monseigneur.

WARWICK (*va s'asseoir dans un coin, résigné*). Puisque vous y tenez. Un Anglais sait toujours attendre.

> *Il demande inquiet.*

Vous n'allez pas vous amuser à refaire toutes les batailles tout de même? Orléans, Patay, Beaugency . . . ce serait extrêmement désagréable pour moi.

CAUCHON (*sourit*). Rassurez-vous, Monseigneur, nous ne sommes pas assez nombreux pour jouer les batailles. . . .

WARWICK. Bien.

CAUCHON (*se retourne vers* JEANNE). Jeanne?

> *Elle lève les yeux sur lui.*

Tu peux commencer.

JEANNE. Je peux commencer où je veux?

CAUCHON. Oui.

JEANNE. Alors au commencement. C'est toujours ce qu'il y a de plus beau, les commencements. A la maison de mon père quand je suis encore petite. Dans le champ où je garde le troupeau, la première fois que j'entends les Voix.

Elle est restée accroupie à la même place, les personnages qui n'ont rien à voir avec cette scène s'éloignent dans l'ombre. Seuls s'avancent LE PÈRE, LA MÈRE, LE FRÈRE *de* JEANNE *qui auront à intervenir.* LA MÈRE *tricote toujours.*

C'est après l'Angélus du soir. Je suis toute petite. J'ai encore ma tresse. Je ne pense à rien. Dieu est bon, qui me garde toute pure et heureuse près de ma mère, de mon père, et de mes frères dans cette petite enclave épargnée autour de Domrémy, tandis que les sales godons brûlent, pillent et violent dans le pays. Mon gros chien est venu mettre son nez contre ma jupe. . . . Tout le monde est bon et fort autour de moi, et me protège. Comme c'est simple d'être une petite fille heureuse! . . . Et puis soudain, c'est comme si quelqu'un me touchait l'épaule derrière moi, et pourtant je sais bien que personne ne m'a touchée, et la voix dit. . . .

QUELQU'UN (*demande soudain au fond*). Qui fera les voix?

JEANNE (*comme si c'était évident*). Moi, bien sûr.

Elle continue.

Je me suis retournée, il y avait une grande et éblouissante lumière du côté de l'ombre, derrière moi. La voix était douce et grave et je ne la connaissais pas; elle dit seulement ce jour-là:

-- Jeanne, sois bonne et sage enfant, va souvent à l'église.

J'étais bonne et sage et j'allais souvent à l'église. Je n'ai pas compris, j'ai eu très peur et je me suis sauvée en courant. C'est tout la première fois. Je n'ai rien dit en rentrant chez moi.

Un silence, elle rêve un peu, elle ajoute:

Je suis revenue un peu après, avec mon frère, chercher le troupeau que j'avais laissé. Le soleil s'était couché et il n'y avait plus de lumière.

Alors il y a eu la seconde fois. C'était l'Angélus de midi. Une lumière encore, mais en plein soleil et plus forte que le soleil. Je l'ai vu, cette fois!

43

CAUCHON. Qui?

JEANNE. Un prud'homme avec une belle robe bien repassée et deux grandes ailes toutes blanches. Il ne m'a pas dit son nom ce jour-là, mais plus tard j'ai appris que c'était Monseigneur saint Michel.

WARWICK (*agacé, à* CAUCHON). Est-il absolument nécessaire de lui laisser raconter encore une fois ces niaiseries?

CAUCHON (*ferme*). Absolument nécessaire, Monseigneur.

    WARWICK *se remet dans son coin en silence, il respire une rose qu'il tient à la main.*

JEANNE (*avec la grosse voix de l'Archange*).—Jeanne, va au secours du roi de France et tu lui rendras son royaume.

Elle répond:

—Mais, Messire, je ne suis qu'une pauvre fille, je ne saurais chevaucher, ni conduire des hommes d'armes. . . .

— Tu iras trouver Monsieur de Beaudricourt, capitaine de Vaucouleurs. . . .

    BEAUDRICOURT *se redresse dans la foule et se glisse au premier rang, faisant signe aux autres que ça va être à lui—quelqu'un le retient, ce n'est pas encore à lui.*

. . . il te donnera des habits d'homme et il te fera mener au dauphin. Sainte Catherine et sainte Marguerite viendront t'assister.

Elle s'écroule soudain sanglotante, épouvantée.

— Pitié! Pitié, Messire! Je suis une petite fille, je suis heureuse. Je n'ai rien dont je sois responsable, que mes moutons. . . . Le royaume de France c'est trop pour moi. Il faut considérer que je suis petite et ignorante et pas forte du tout. C'est trop lourd, Messire, la France! Il y a des grands capitaines autour du roi qui sont forts et qui ont l'habitude. . . . Et puis eux, ça ne les empêche pas de dormir quand ils perdent une bataille. Ils disent qu'il y a eu une préparation d'artillerie insuffisante, qu'ils n'ont pas été secondés, qu'ils ont eu la neige ou le vent contre eux et tous les hommes morts, ils les rayent tout simplement sur leurs listes. Moi je vais y penser tout le temps si je fais tuer des hommes. . . . Pitié, Messire! . . .

Elle se redresse et d'un autre ton.

Ah, ouiche! Pas de pitié. Il était déjà parti et moi j'avais la France sur le dos

Elle ajoute simplement.

Sans compter le travail à la ferme et mon père qui ne badinait pas.

LE PÈRE, *qui tournait en rond autour de* LA MÈRE, *explose soudain.*

LE PÈRE. Qu'est-ce qu'elle fout?

LA MÈRE (*toujours tricotant*). Elle est aux champs.

LE PÈRE. Moi aussi, j'étais aux champs et je suis rentré. Il est six heures. Qu'est-ce qu'elle fout?

LE FRÈRE (*s'arrêtant un instant de se décrotter le nez*). La Jeanne? Elle rêve auprès de l'Arbre aux Fées. Je l'ai vue en rentrant le taureau.

LE PROMOTEUR (*aux autres au fond*). L'Arbre aux Fées! Je vous prie de noter, Messieurs. Superstition. Sorcellerie déjà en herbe! L'Arbre aux Fées!

CAUCHON. Il y en a partout en France, Messire Promoteur, des arbres aux Fées. Il nous faut laisser quelques fées aux petites filles, dans notre propre intérêt.

LE PROMOTEUR (*pincé*). Nous avons nos saintes, cela doit leur suffire!

CAUCHON (*conciliant*). Plus tard, certainement. Mais quand elles sont encore toutes petites. . . . Jeanne n'avait pas quinze ans.

LE PROMOTEUR. A quinze ans une fille est une fille. Ces garces savent déjà tout!

CAUCHON. Jeanne était très pure et très simple, alors. Vous savez que je ne l'épargnerai guère sur ses Voix, au cours de ce procès, mais j'entends lui passer ses fées de petite fille. . . .

Il ajoute ferme.

Et c'est moi qui préside ces débats.

LE PROMOTEUR *s'incline haineux et se tait.*

LE PÈRE (*explose à nouveau*). Et qu'est-ce qu'elle fait près de l'Arbre aux Fées?

LE FRÈRE. Allez le savoir avec elle! Elle regarde droit devant

45

elle. Elle rêve comme si elle attendait quelque chose, ce n'est pas la première fois que je la vois.

LE PÈRE (*le secoue*). Pourquoi ne me l'as-tu pas dit, petit malheureux? Tu y crois encore aux filles qui rêvent, à ton âge, grand dadais? Elle attend quelqu'un, oui, pas quelque chose! Je vous dis qu'elle a un amoureux, la Jeanne. Donnez-moi ma trique!

LA MÈRE (*doucement, tricotant toujours*). Mais, papa, tu sais bien que Jeanne est pure comme l'enfant!

LE PÈRE. Les filles, c'est pur comme l'enfant, ça vous tend leur front pour le baiser du soir avec des yeux bien clairs où on peut lire jusqu'au fond, une dernière fois un soir. Et puis crac! le lendemain matin — on les a pourtant enfermées à clef — on ne sait pas ce qui s'est passé, on ne peut plus rien y lire du tout, dans leurs yeux, ils vous fuient et elles vous mentent! C'est devenu le diable.

LE PROMOTEUR (*lève un doigt*). Le mot est prononcé, Messires, et par son père!

LA MÈRE. Comment le sais-tu, toi? Jeanne était pure ce matin encore quand elle est partie aux champs et moi quand tu m'as prise chez mon père j'étais pure. . . . Comment étaient donc mes yeux le lendemain?

LE PÈRE (*grommelle*). Pareils. Là, n'est pas la question.

LA MÈRE. C'est donc que tu as connu d'autres filles, bonhomme? Tu ne me l'avais jamais dit, ça!

LE PÈRE (*tonne pour masquer sa gêne*). Je te dis qu'il n'est pas question de toi, ni d'autres filles, mais de Jeanne! Donne-moi ma trique. Je vais la chercher, moi. Et si elle a un rendez-vous, je les assomme, tous les deux.

JEANNE (*sourit doucement*). Oui, j'avais un rendez-vous, mais mon amoureux avait deux grandes ailes blanches, une belle robe bien repassée et de sa voix grave il répétait:

— 'Jeanne! Jeanne! Qu'attends-tu? Il y a grand-pitié au royaume de France.

— 'J'ai peur, Messire, je ne suis qu'une pauvre fille; vous vous êtes sûrement trompé.

— 'Est-ce que Dieu se trompe, Jeanne?'
> *Elle se retourne vers les juges.*

Je ne pouvais tout de même pas lui répondre oui?

LE PROMOTEUR (*hausse les épaules*). Il fallait faire ton signe de croix!

JEANNE. Je l'ai fait et l'Archange avec moi en me regardant bien dans les yeux pendant que la cloche sonnait.

LE PROMOTEUR. Il fallait lui crier: 'Vade retro Satanas!'

JEANNE. Je ne sais pas le latin, Messire.

LE PROMOTEUR. Ne fais pas l'idiote! Le diable comprend le français. Il fallait lui crier: 'Va-t'en, sale diable puant, ne me tente pas davantage!'

JEANNE (*crie*). Mais c'était saint Michel, Messire!

LE PROMOTEUR (*ricane*). Qu'il t'a dit, petite dinde! Et tu l'as cru?

JEANNE. Bien sûr. D'abord, ça ne pouvait pas être le diable. il était si beau.

LE PROMOTEUR (*proclame dressé, hors de lui*). Justement! Le diable est beau!

JEANNE (*scandalisée*). Oh, Messire!

CAUCHON (*apaise* LE PROMOTEUR *d'un geste*). Je crains, Messire Promoteur, que ces subtilités théologiques — qui peuvent être matière à discussion entre clercs — dépassent l'entendement de cette pauvre fille. Vous la scandalisez inutilement.

JEANNE (*s'est dressée aussi, elle crie au* PROMOTEUR). Tu as menti, Chanoine! Je ne suis pas si savante que toi, mais je sais moi que le diable est laid et que tout ce qui est beau est l'œuvre de Dieu.

LE PROMOTEUR (*ricane*). Ce serait trop facile!
> *Il ajoute:*

Et trop bête! Crois-tu donc que le diable est bête? Il est mille fois plus intelligent que toi et moi réunis. Quand il veut tenter une âme, tu crois qu'il se présente à elle comme un chat au derrière empuanti, comme un chameau d'Arabie, comme une licorne épouvantable? Dans les contes pour enfants peutêtre! . . . En réalité le diable choisit la nuit la plus douce, la plus lumineuse, la plus

47

embaumée, la plus trompeuse de l'année. . . . Il prend les traits d'une belle fille toute nue, les seins dressés, insupportablement belle. . . .

CAUCHON (*l'arrête sévère*). Chanoine! Vous vous égarez. Vous voilà bien loin du diable de Jeanne si elle en a vu un. Je vous en prie, ne mélangeons pas les diables de chacun.

LE PROMOTEUR (*se reprend, confus, au milieu des sourires des autres*). Je m'excuse, Monseigneur, mais il n'y a qu'un diable.

CAUCHON. D'ailleurs, nous n'en sommes pas au procès. Nous l'interrogerons tout à l'heure. Continue, Jeanne.

JEANNE (*est restée interdite, elle dit encore*). Alors si le diable est beau, comment peut-on savoir que c'est le diable?

LE PROMOTEUR. En le demandant à ton curé.

JEANNE. On ne peut pas le savoir tout seul?

LE PROMOTEUR. Non. C'est pourquoi il n'y a pas de salut hors l'Église.

JEANNE. On n'a pas toujours son curé avec soi, sauf les riches. C'est difficile pour les pauvres.

LE PROMOTEUR. C'est difficile pour tout le monde de ne pas être damné.

CAUCHON. Laissez-la, Messire Promoteur, laissez-la parler avec ses Voix, tranquillement. C'est le commencement de l'histoire. Personne ne peut les lui reprocher encore.

JEANNE (*continue*). Et puis une autre fois c'est sainte Marguerite et sainte Catherine qui sont venues. . . .

Elle se retourne avec un peu de défi espiègle vers LE PROMOTEUR *et lui lance:*

Et elles étaient belles, elles aussi!

LE PROMOTEUR (*ne peut s'empêcher de lancer, soudain tout rouge*). Étaient-elles toutes nues?

JEANNE (*sourit*). Oh, Messire! Croyez-vous que Notre-Seigneur n'ait pas les moyens de payer des robes à ses saintes?

Il y a des petits rires à cette réponse et LE PROMOTEUR *se rassoit confus.*

48

CAUCHON. Vous nous faites tous sourire, vous voyez, Messire Promoteur, avec vos questions. Abstenez-vous dorénavant d'intervenir tant que nous n'aborderons pas le fond du débat. Et surtout, n'oubliez pas que dans cette histoire, même en la jugeant — surtout en la jugeant — nous avons la charge de cette âme qui est dans ce petit corps frêle et insolent. . . . Quelle confusion risquez-vous de jeter dans cette jeune cervelle en lui insinuant que le bien et le mal ce n'est qu'une question de vêtements ? Nos saints sont généralement vêtus, dans leur représentation habituelle, je vous l'accorde. Mais. . . .

JEANNE (*lance au* PROMOTEUR). Notre-Seigneur est bien nu sur la croix!

CAUCHON (*se retourne vers elle*). Tu as dit ce que j'allais dire, Jeanne, en me coupant la parole d'ailleurs! Mais ce n'est pas à toi à reprendre le vénérable Chanoine. Tu oublies qui tu es et qui nous sommes. Tes pasteurs, tes maîtres, et tes juges. Garde-toi de ton orgueil, Jeanne, si le démon un jour peut t'atteindre, c'est de lui qu'il se servira.

JEANNE (*doucement*). Je sais que je suis orgueilleuse. . . . Mais je suis une fille de Dieu. S'Il ne voulait pas que je fusse orgueilleuse, pourquoi m'a-t-Il envoyé Son Archange flamboyant et Ses Saintes vêtues de lumière? Pourquoi m'a-t-Il promis de convaincre tous ces hommes que j'ai convaincus — et d'aussi savants, d'aussi sages que vous, — d'avoir une belle armure blanche, don de mon roi, une fière épée et de conduire tous ces vaillants garçons au milieu de la mitraille, toute droite sur mon cheval? Il n'avait qu'à me laisser à garder mes moutons et à filer près de ma mère, je ne serais jamais devenue orgueilleuse. . . .

CAUCHON. Pèse tes paroles, Jeanne, pèse tes pensées! Tu accuses ton Seigneur maintenant.

JEANNE (*se signe*). Qu'Il m'en garde! Je dis que Sa Volonté soit faite même s'Il a voulu me rendre orgueilleuse et me damner. C'est aussi Son droit.

LE PROMOTEUR (*ne peut plus se retenir*). Épouvantable! Ce

qu'elle dit est épouvantable! Dieu peut-il vouloir damner une âme? Et vous l'écoutez sans frémir, Messires? Je vois là le germe d'une affreuse hérésie qui déchirera un jour l'Église. . . .

L'INQUISITEUR *s'est levé. C'est un homme à l'air intelligent, maigre et dur et qui parle avec une grande douceur.*

L'INQUISITEUR. Écoute bien ce que je vais te demander, Jeanne. Te crois-tu en état de grâce en ce moment?

JEANNE (*toute claire, demande*). A quel moment, Messire? On ne sait plus où on en est. On mélange tout. Au commencement quand j'entends mes Voix ou à la fin du procès quand j'ai compris que mon roi et mes compagnons aussi m'abandonnaient, quand j'ai douté, quand j'ai abjuré et que je me suis reprise?

L'INQUISITEUR. N'élude pas ma question. Te crois-tu en état de grâce?

Il y a un silence chez tous les prêtres qui la regardent avidement; ce doit être une question dangereuse.

LADVENU (*se lève*). Messire Inquisiteur, c'est une question redoutable pour une simple fille qui croit sincèrement que Dieu l'a distinguée. Je demande que sa réponse ne soit pas portée contre elle, elle risque inconsidérément. . .

L'INQUISITEUR. Silence, Frère Ladvenu! Je demande ce que je juge bon de demander. Qu'elle réponde à ma question. Te crois-tu en état de grâce, Jeanne?

JEANNE. Si je n'y suis, Dieu veuille m'y mettre; si j'y suis, Dieu veuille m'y tenir.

Murmure des prêtres. L'INQUISITEUR *se rassoit impénétrable.* LADVENU *lance gentiment.*

LADVENU. Bien répondu, Jeanne!

LE PROMOTEUR (*grommelle, vexé du succès de* JEANNE). Et après? Le diable est habile, ou il ne serait pas le diable. Et vous pensez qu'on lui a déjà posé la question. Je le connais. Il a ses réponses toutes prêtes.

WARWICK (*qui s'ennuie, soudain à* CAUCHON). Monseigneur, tout cela est sans doute très intéressant, quoique je m'y perde un peu moi aussi, comme cette jeune fille. Mais si nous allons de ce train, nous n'arriverons jamais au procès. Nous ne la brûlerons jamais. Qu'elle la joue, sa petite histoire, puisqu'il paraît que c'est nécessaire, mais vite. Et qu'on en arrive à l'essentiel. Le Gouvernement de Sa Majesté a le plus urgent besoin de déconsidérer ce petit pouilleux de roi Charles; de proclamer à la face du monde chrétien que son sacre ne fut qu'une mascarade, conduite par une sorcière, une hérétique, une aventurière, une fille à soldats. . . .

CAUCHON. Monseigneur, nous ne la jugeons que comme hérétique. . . .

WARWICK. Je le sais, mais moi, je suis obligé d'en remettre, pour mes troupes. Je crains que les attendus de votre jugement ne soient un peu trop distingués pour mes soldats. La propagande est une chose sommaire, Seigneur Évêque, apprenez-le. L'essentiel est de dire quelque chose de très gros et de le répéter souvent, c'est comme cela qu'on fait une vérité. Je vous dis là une idée neuve, mais je suis persuadé qu'elle fera son chemin. . . . Pour moi, il est urgent de faire une rien du tout de cette fille. . . . Qui qu'elle soit. Et ce qu'elle est, en réalité, n'a aucune espèce d'importance aux yeux du Gouvernement de Sa Majesté. Personnellement, je ne vous cacherai même pas qu'elle m'est plutôt sympathique avec sa façon de vous clouer le bec à tous et je trouve qu'elle monte bien, ce qui est rare pour une femme. . . . C'est une fille avec qui, en d'autres circonstances et si elle eût été de mon monde, j'aurais eu plaisir à chasser le renard. Malheureusement, il y a eu ce sacre insolent dont, la première, elle a eu l'idée. . . . Enfin, Monseigneur, quelle impudence! Aller se faire sacrer roi de France à notre barbe, un Valois? Venir nous faire ça à Reims, chez nous? Oser nous retirer la France de la bouche, piller impunément le patrimoine anglais? Fort heureusement Dieu est avec le droit anglais. Il l'a prouvé à Azincourt. Dieu et notre droit. Ce sont deux notions maintenant tout à fait confondues. D'ailleurs, c'est écrit sur nos armes. Alors dépêchez-vous de lui faire raconter sa petite affaire et brûlez-la, qu'on n'en parle plus. Je plaisantais tout à l'heure: dans dix ans tout le monde aura oublié cette histoire.

CAUCHON (*soupire*). Dieu le veuille, Monseigneur!

WARWICK. Où en était-on?

LE PÈRE (*s'avance avec sa trique*). On en était au moment où je la retrouve, rêvassant à Dieu sait qui, sous son Arbre aux Fées, la petite garce. Et ça va barder, je vous le jure!

Il se précipite vers JEANNE *et la relève brutalement par le poignet.*

Qu'est-ce que tu fais là? Dis? Tu vas me répondre qu'est-ce que tu fais là, que la soupe est servie et que ta mère s'inquiète?

JEANNE (*balbutie, honteuse d'être surprise, la main levée pour protéger son visage comme une petite fille*). Je ne savais pas qu'il était si tard. J'ai perdu la notion de l'heure.

LE PÈRE (*la secoue, hurlant*). Ah! tu ne savais pas qu'il était si tard, petite teigne? Ah! tu perds la notion de l'heure maintenant? Dieu veuille que tu n'aies pas perdu autre chose que tu n'oses pas dire!...

Il la secoue abominablement.

Qui te l'a fait perdre dis, qui te l'a fait perdre la notion de l'heure, dévergondée? Quand je suis arrivé, tu parlais, tu criais au revoir à quelqu'un. A quelqu'un que j'ai raté cette fois; je ne sais pas où il s'est sauvé le bougre, mais il ne perd rien pour attendre, ce voyou-là! Avec qui parlais-tu? Réponds! ou je te bats comme plâtre....

JEANNE. Avec saint Michel.

LE PÈRE (*lui envoie une formidable gifle*). Tiens! Ça t'apprendra à te moquer de ton père! Ah! tu as rendez-vous avec saint Michel, petite coureuse? Ah! tu restes le soir à lui parler sous les arbres pendant que toute ta famille s'inquiète et t'attend, mauvaise fille? Ah! tu veux commencer déjà le sabbat, comme les autres, au lieu d'aider ton père et ta mère et de te marier avec le garçon sérieux qu'ils t'auront choisi? Hé bien! ton prétendu saint Michel,

52

je lui mettrai ma fourche dans le ventre, moi, et je te noierai de mes propres mains comme une sale chatte en chaleur que tu es!

JEANNE (*répondant calmement à l'orage d'insultes*). Je n'ai rien fait de mal, mon père, et c'est vraiment Monseigneur saint Michel qui me parlait.

LE PÈRE. Et quand tu nous reviendras le ventre gonflé, ayant déshonoré le nom de ton père, tué ta mère de douleur, et forcé tes frères à s'engager dans l'armée pour fuir la honte au village — ce sera le Saint-Esprit, peut-être, qui aura fait le coup! Je vais le dire au curé que, non contente de courir, tu blasphèmes. On te jettera, au pain et à l'eau, à moisir dans un cul de couvent!

JEANNE (*s'agenouille devant lui*). Mon père, cessez de crier, vous ne pouvez pas m'entendre. Je vous jure par Notre-Seigneur que je dis vrai. Voilà déjà longtemps qu'ils viennent me voir et me demandent. C'est toujours à l'angélus de midi ou à l'angélus du soir; c'est toujours quand je suis en prières, quand je suis la plus pure et la plus près de Dieu. Et cela ne peut pas ne pas être vrai. Saint Michel m'apparaît; et sainte Marguerite et sainte Catherine. Ils me parlent, ils me répondent quand je les questionne et ils disent tous les trois pareil.

LE PÈRE (*la houspillant*). Pourquoi te parlerait-il saint Michel? pauvre idiote. Est-ce qu'il me parle, à moi, qui suis ton père? S'il avait quelque chose à nous dire, il me semble que c'est à moi, qui suis le chef de famille, qu'il se serait adressé. Est-ce qu'il parle à notre curé?

JEANNE. Père, père, au lieu de cogner et de crier, essayez une fois de me comprendre. Je suis si seule, si petite et c'est si lourd. Voilà trois ans que je résiste, trois ans qu'ils me disent toujours pareil. Je n'en peux plus de lutter toute seule avec ces voix que j'entends. Il va falloir que je le fasse maintenant.

LE PÈRE (*explose*). Tu entends des voix maintenant? C'est un comble! Ma fille entend des voix! J'aurai travaillé pendant quarante ans, je me serai tué à élever chrétienne-ment mes enfants pour avoir une fille qui entend des voix!

JEANNE. Il va falloir maintenant que je leur dise oui, elles disent que cela ne peut plus attendre.

LE PÈRE. Qu'est-ce qui ne peut plus attendre, imbécile? Qu'est-ce qu'elles te disent de faire tes Voix? Ses Voix! Enfin! il vaut mieux entendre ça que d'être sourd!

JEANNE. Elles me disent d'aller sauver le royaume de France qui est en grand danger de périr. Est-ce vrai?

LE PÈRE. Pardine! Bien sûr qu'il est en grand danger de périr, le royaume de France. On en sait quelque chose, nous autres gens de l'Est, surtout dans ce coin où c'est plein de godons. Mais ce n'est pas la première fois et sans doute pas la dernière qu'il est en danger de périr le royaume de France et il s'en tire toujours. Laisse-le dans la main de Dieu. Qu'est-ce que tu veux y faire pauvre fille? Même un homme, si c'est pas son métier de se battre, il n'y peut rien.

JEANNE. Moi, je peux. Mes Voix me le disent.

LE PÈRE (*ricane*). Toi, tu peux? Tu es plus maligne que nos grands capitaines peut-être, qui ne peuvent plus que se faire piler à tous les coups, de nos jours?

JEANNE. Oui, mon père!

LE PÈRE (*la singeant*). Oui, mon père! Tu n'es peut-être pas une coureuse, tu es pire. Tu es une folle. Et qu'est-ce que tu peux donc, pauvre idiote?

JEANNE. Ce que me disent mes Voix. Demander une escorte d'armes au Sire de Beaudricourt. . . .

> *Entendant son nom,* BEAUDRICOURT *fait un 'Ah!' de satisfaction et veut s'avancer. . . . On lui chuchote: 'Mais non, mais non, tout à l'heure' . . . et on le fait rentrer dans le rang.* COMIC TOUCH - Relieves Tens

. . . et quand j'aurai mon escorte, aller jusqu'au dauphin à Chinon, lui dire qu'il est le vrai roi, l'emmener à la tête de ses soldats délivrer Orléans, le faire sacrer à Reims par Monseigneur l'Archevêque avec les Saintes Huiles et jeter les Anglais à la mer. . . .

LE PÈRE (*qui a tout compris*). Ah, tu t'expliques, enfin, sale fille! C'est aller avec les soldats que tu veux comme la dernière des dernières?

54

JEANNE (*sourit mystérieusement*). Non, père. Comme la première, en avant, au milieu des flèches, et sans jamais regarder en arrière, mes Voix me l'ont dit, jusqu'à ce que j'aie sauvé la France.

Elle ajoute, soudain triste:

Après, il arrivera ce que Dieu voudra.

LE PÈRE (*hors de lui à cette perspective*). Sauver la France? Sauver la France? Et qui gardera mes vaches pendant ce temps-là? Tu crois que je t'ai élevée, moi, que j'ai fait tous les sacrifices que j'ai faits pour toi, pour que tu t'en ailles faire la fête avec des soldats, sous prétexte de sauver la France, maintenant que tu as enfin atteint l'âge de te rendre utile à la ferme? Tiens! Je vais te l'apprendre, moi, à sauver la France!

Il lui saute dessus et la roue sauvagement de gifles et de coups de pied.

JEANNE (*crie, piétinée*). Arrêtez, père, arrêtez! Arrêtez!

LE PÈRE *a détaché son ceinturon et commence à la fouetter, ahanant sous l'effort.*

LADVENU (*s'est levé, tout blême*). Arrêtez-le, voyons! Il lui fait mal!

CAUCHON (*doucement*). Nous n'y pouvons rien, Frère Ladvenu. Nous ne connaîtrons Jeanne qu'au procès. Nous ne pouvons que jouer nos rôles, chacun le sien, bon ou mauvais, tel qu'il est écrit, et à son tour.

Il ajoute:

Et nous lui ferons encore bien plus mal tout à l'heure, vous le savez.

Il se retourne vers WARWICK.

Désagréable, n'est-ce pas, cette petite scène de famille?

WARWICK (*a un geste*). Pourquoi? En Angleterre aussi nous sommes fermement partisans des châtiments corporels pour les enfants, cela forme le caractère. J'ai moi-même été rossé à mort, je m'en porte fort bien.

LE PÈRE (*qui s'est arrêté enfin, épuisé, essuyant la sueur de son front, crie à Jeanne évanouie à ses pieds*). Là! charogne! Tu veux toujours la sauver, la France?

Il se retourne un peu gêné vers les autres.

55

Qu'auriez-vous fait, Messieurs, à ma place, si votre fille vous avait dit ça?

WARWICK (*détourne le regard de ce rustre et continue flegmatique*). Une seule chose me peine et me surprend. La carence de notre service de renseignements dans cette affaire. Nous aurions dû, dès le début, nous entendre avec cet homme-là.

CAUCHON (*sourit*). Oui, mais on ne pouvait pas prévoir.

WARWICK. Un bon service de renseignements doit toujours tout prévoir. Une petite fille illuminée quelque part dans un village parle de sauver la France. Il faut le savoir tout de suite, s'entendre avec le père pour qu'il la boucle et étouffer l'affaire dans l'œuf. Pas la peine d'attendre qu'elle le fasse. . . . Cela revient trop cher après. . . .

> *Il se remet à respirer sa rose.*

LA MÈRE (*s'est avancée*). Tu l'as tuée?

LE PÈRE. Pas cette fois. Mais la prochaine fois qu'elle parle d'aller avec des soldats, je la noie, ta fille, dans la Meuse, tu entends? de mes propres mains. Et si je ne suis pas là, j'autorise ses frères à le faire à ma place. . . .

> *Il s'en va à grands pas.* LA MÈRE *s'est penchée sur* JEANNE, *elle lui éponge le visage.*

LA MÈRE. Jeanne, ma petite Jeanne. . . . Jeannette! . . . Il t'a fait mal?

JEANNE (*d'abord effrayée, reconnaît sa mère, elle a un pauvre petit sourire*). Oui. Il a tapé dur.

LA MÈRE. Tu dois endurer en patience, c'est ton père.

JEANNE (*de sa petite voix*). J'endure, maman. Et j'ai prié pour lui tout le temps qu'il cognait. Pour que Notre-Seigneur lui pardonne.

LA MÈRE (*choquée tout de même*). Notre-Seigneur n'a pas à pardonner les pères qui tapent sur leur fille, Jeanne. C'est son droit.

JEANNE (*achève*). Et pour qu'il comprenne. . . .

LA MÈRE (*la caresse*). Qu'il comprenne quoi, ma petite chèvre? Pourquoi as-tu été lui raconter toutes ces bêtises?

JEANNE (*crie, angoissée*). Il faut que quelqu'un comprenne, mère, ou toute seule je ne pourrai pas!

LA MÈRE (*la berce*). Allons, allons, ne t'agite pas. Reste un peu contre moi comme lorsque tu étais petite. . . . Qu'elle est grande! . . . Je ne peux même plus la tenir dans mes bras. . . . Tu es quand même ma petite tu sais, pareille à moi, qui m'a suivie si longtemps pendue à mon jupon dans la cuisine. Et je te donnais toujours une carotte à gratter ou un petit plat à essuyer pour que tu fasses tout comme moi. . . . Tes frères ce n'était pas la même chose, c'étaient des hommes, comme ton père. . . . Il ne faut pas essayer de leur faire comprendre aux hommes. . . . Il faut dire oui et puis comme ils sont toujours aux champs, après, quand ils sont partis, on est maîtresse. Je ne devrais pas te dire tout ça, mais maintenant tu es une femme, tu es grande. . . . Ton père est bon et juste, mais si je ne trichais pas un peu — pour son bien même — tu crois que je m'en tirerais?

> *Elle lui dit à l'oreille.*

J'ai une petite gratte que je fais sur le ménage. Un sou par-ci, un sou par-là. Si tu veux, à la prochaine foire je t'achèterai un beau mouchoir brodé. Tu seras belle.

JEANNE. Ce n'est pas être belle que je veux maman.

LA MÈRE. Moi aussi, j'ai été folle moi aussi j'ai aimé un garçon avant ton père, il était beau, mais ce n'était pas possible, il est parti comme soldat et, tu vois, j'ai été heureuse tout de même. Qui c'est donc? n'aie pas de secrets pour ta mère. C'en est un dont tu ne peux même pas dire le nom? Il est du village tout de même? Peut-être que ton père accepterait, il n'est pas contre un bon mariage. On pourra't lui faire croire que c'est lui qui l'a choisi, petite sotte. . . . Tu sais les hommes, ils crient, ils commandent, ils cognent — mais on les mène par le nez.

JEANNE. Je ne veux pas me marier mère. Monseigneur saint Michel m'a dit que je dois partir, prendre un habit d'homme et aller trouver notre Sire le Dauphin pour sauver le royaume de France.

LA MÈRE (*sévère*). Jeanne, je te parle doucement, mais, à moi, je te défends de dire des bêtises! D'abord, je ne te laisserai jamais t'habiller en homme. Ma fille en homme! Je voudrais voir ça par exemple!

JEANNE. Mais, mère, il faudra bien pour aller à cheval au milieu des soldats! C'est Monseigneur saint Michel qui le commande.

LA MÈRE. Que Monseigneur saint Michel te le commande ou non, tu ne monteras jamais à cheval! Jeanne d'Arc à cheval! Hé bien, ça serait du joli dans le village!

JEANNE. Mais la demoiselle de Vaucouleurs monte bien pour chasser un faucon.

LA MÈRE. Tu ne monteras jamais à cheval! Ce n'est pas de ta condition. En voilà des idées de grandeur!

JEANNE. Mais si je ne monte pas à cheval, comment veux-tu que je mène les soldats?

LA MÈRE. Et tu n'iras jamais voir les soldats, mauvaise fille! Pour ça j'aimerais mieux te voir morte. Tu vois, je parle comme ton père. Il y a tout de même des points sur lesquels nous sommes d'accord. Une fille, ça file, ça tisse, ça lave et ça reste à la maison. Ta grand-mère n'a jamais bougé d'ici, moi non plus; tu feras de même et quand tu auras une fille plus tard, tu lui apprendras à faire pareil.

Elle éclate brusquement en sanglots bruyants.

T'en aller avec des soldats! Mais qu'est-ce que j'ai fait au ciel pour avoir une fille pareille? Mais enfin, tu veux donc me voir morte?

JEANNE (*se jette dans ses bras, sanglotante aussi et criant*). Non, maman!

Elle se redresse et clame encore en larmes, tandis que LA MÈRE *s'éloigne.*

— Vous voyez, Monseigneur saint Michel, ce n'est pas possible, ils ne comprendront jamais. Personne ne comprendra jamais. Il vaut mieux que je renonce tout de suite. Notre-Seigneur a dit qu'il fallait obéir à son père et à sa mère.

Elle répond avec la voix de l'Archange.

— Avant, Jeanne, il faut obéir à Dieu.

Elle demande.

— Mais si Dieu commande l'impossible?

— Alors, il faut tenter l'impossible tout tranquillement. Commence, Jeanne, Dieu ne te demande pas autre chose, après il pourvoiera à tout. Et si tu crois qu'il t'abandonne, s'il laisse un obstacle insurmontable sur ton chemin, c'est pour t'aider encore, c'est parce qu'il te fait confiance. C'est parce qu'il pense: avec la petite Jeanne je peux laisser cette montagne — je suis tellement occupé — elle s'écorchera les mains et les genoux jusqu'au sang, mais je la connais, elle passera. Chaque fois qu'il laisse une montagne sur ta route, il faut être très fière, Jeanne. C'est que Dieu se décharge sur toi. . . .

Un petit temps, elle demande encore.

— Messire, croyez-vous que Notre-Seigneur puisse vouloir qu'on fasse pleurer son père et sa mère, qu'on les tue, peut-être, de peine, en partant. C'est difficile à comprendre.

— Il a dit: je suis venu apporter non la paix, mais le glaive. . . . Je suis venu pour que le frère se dresse contre son frère et le fils contre son père. . . . Dieu est venu apporter la guerre, Jeanne. Dieu n'est pas venu pour arranger les choses, il est venu pour que tout soit plus difficile encore. Il ne demande pas l'impossible à tout le monde, mais à toi, il te le demande. Il ne pense pas que quelque chose soit trop difficile pour toi. Voilà tout.

JEANNE *se redresse et répond simplement.*

— Bien, j'irai.

UNE VOIX (*venue on ne sait d'où, crie dans l'ombre dans le fond*). Orgueilleuse!

JEANNE (*s'est dressée inquiète, elle demande*). Qui a dit orgueilleuse?

Un petit temps, elle répond avec la voix de l'Archange.

— C'est toi, Jeanne. Et dès que tu auras commencé ce que Dieu te demande, c'est le monde qui te le dira. Il va falloir que tu sois assez humble dans la main de Dieu pour accepter ce manteau d'orgueil.

— Ce sera lourd, Messire!

— Oui. Ce sera lourd. Dieu sait que tu es forte.

Un silence. Elle regarde droit devant elle et soudain elle

59

redevient une petite fille et s'exclame joyeuse et décidée, se tapant sur la cuisse.

Bon. C'est décidé. C'est vu. J'irai trouver mon oncle Durand. Celui-là, j'en fais ce que je veux. Je le fais tourner en bourrique. Je l'embrasserai sur les deux joues, je lui monterai sur les genoux; il me paiera un beau fichu tout neuf et il me conduira à Vaucouleurs!

LE FRÈRE (*se décrottant toujours le nez, s'est approché d'elle*). Idiote! . . . Pauvre idiote! . . . T'avais besoin d'aller raconter tout ça aux parents?

Il se rapproche.

Si tu me donnes un sou pour m'acheter une chique, la prochaine fois, je ne le dirai pas que je t'ai vue avec ton amoureux.

JEANNE (*lui saute joyeusement dessus*). Ah! c'est toi qui le leur as dit, vermine? Ah! c'est toi qui le leur as dit, petit cochon? Tiens! le voilà mon sou, tête de lard! la voilà ta chique, sale bête! Je t'apprendrai moi à rapporter! . . .

Ils se battent comme des chiffonniers, elle court après lui à travers les autres; la poursuite l'amène jusqu'au ventre de BEAUDRICOURT *qui a enfin occupé le milieu de la scène, poussé par les autres — il avait oublié que c'était à lui — elle fonce dans son gros ventre, la tête la première en courant.*

BEAUDRICOURT (*crie, entrant*). Quoi? Qu'est-ce qu'elle veut? Qu'est-ce qu'elle veut? Qu'est-ce que c'est que cette histoire de fous?

Il reçoit JEANNE *dans le ventre, pousse un cri de douleur, la hisse par le bras jusqu'à son nez, congestionné de fureur.*

Qu'est-ce que tu veux au juste, puceron, depuis trois jours que tu fais l'idiote à la porte du château à amuser mes sentinelles avec des contes à dormir debout?

JEANNE (*haletante d'avoir couru, dressée sur la pointe des pieds au bout du bras du géant*). Je voudrais un cheval, Messire, un habit d'homme et une escorte, pour aller jusqu'à Chinon voir Monseigneur le Dauphin.

BEAUDRICOURT (*hors de lui*). Et mon pied quelque part, tu ne le veux pas aussi?

JEANNE (*sourit*). Je veux bien, Messire, et aussi de bonnes gifles — j'ai l'habitude avec mon père — pourvu qu'après j'aie mon cheval.

BEAUDRICOURT (*la tenant toujours*). Tu sais qui je suis et ce que je veux. Les filles de ton village t'ont mise au courant? Quand il y en a une qui vient me demander quelque chose, généralement la vie du petit frère ou de leur vieille crapule de père qu'on a pris en train de braconner un lièvre sur mes terres: si la fille est jolie, je fais toujours décrocher la corde — j'ai bon coeur — si elle est laide, je pends mon gaillard . . . pour l'exemple! Mais ce sont toujours les jolies qui viennent; on se débrouille pour en trouver une, dans la famille — et c'est pour ça que j'ai fini par me faire une réputation de bonté dans le pays. Donc, donnant donnant, tu connais le tarif?

JEANNE (*simplement*). Je ne sais pas ce que vous voulez dire, Messire. Moi, c'est Monseigneur saint Michel qui m'envoie. . . .

BEAUDRICOURT (*se signe craintivement, de sa main restée libre*). Ne mêle pas les saints du paradis à ces histoires-là, effrontée! . . . Le coup de saint Michel, c'est bon pour les sentinelles, pour arriver jusqu'à moi. Tu y es, devant moi. Et je ne dis pas que tu ne l'auras pas ton cheval. Une vieille rosse pour une belle fille toute neuve, c'est raisonnable comme marché. Tu es pucelle?

JEANNE. Oui, Messire.

BEAUDRICOURT (*qui la regarde toujours*). Va pour le cheval. Tu as de jolis yeux.

JEANNE (*doucement*). C'est que je ne veux pas seulement un cheval, Messire.

BEAUDRICOURT (*sourit amusé*). Tu es gourmande, toi! Continue, tu m'amuses. . . . Il n'y a que les imbéciles qui se croient volés en donnant trop à une fille. Moi, j'aime bien qu'il me coûte cher, mon plaisir. Ça me permet de me figurer que j'en ai vraiment envie. Tu comprends ce que je veux dire?

61

JEANNE (*toute claire*). Non, Messire.

BEAUDRICOURT. Tant mieux. Je n'aime pas les raison-
neuses au lit. Qu'est-ce que tu veux en plus du cheval?
La taille rentre bien cet automne, je me sens d'humeur à
la dépense.

JEANNE. Une escorte d'hommes d'armes, Messire, pour
m'accompagner à Chinon.

BEAUDRICOURT (*la lâche, changeant de ton*). Ecoute-moi
bien. Je suis bonhomme. Mais je n'aime pas qu'on se
moque de moi. Je suis le maître ici. Tu es tout au bord
de ma patience. Je peux aussi bien te faire fouetter pour
avoir forcé ma porte et te renvoyer chez toi sans rien
du tout que des marques sur les fesses. Je t'ai dit que
j'aimais bien que ça me coûte cher pour que ça me donne
envie, mais si ça doit me coûter trop cher, c'est le phénomène contraire qui se produit — je n'ai soudain plus
envie du tout. Qu'est-ce que tu veux aller faire à Chinon?

JEANNE. Trouver Monseigneur le Dauphin.

BEAUDRICOURT. Hé bien, tu as de l'ambition toi, au moins,
pour une pucelle de village! Pourquoi pas le duc de
Bourgogne tant que tu y es? Tu aurais au moins une
chance de ce côté-là — théoriquement — c'est un chaud
lapin, le duc. . . . Parce que tu sais, le dauphin, pour ce
qui est de la guerre et des femmes. . . . Qu'est-ce que
tu espères donc de lui?

JEANNE. Une armée, Messire, dont je prendrai la tête, pour
aller délivrer Orléans.

BEAUDRICOURT (*la lâche soudain, soupçonneux*). Si tu es
folle, c'est autre chose. Je ne veux pas me fourrer dans
une vilaine histoire. . . .

Il va appeler au fond.

Holà, Boudousse!

Un garde s'avance.

BEAUDRICOURT. Fais-la doucher un peu et fourre-la en
prison. Demain soir, tu la renverras chez son père. Mais
pas de coups, je ne veux pas avoir d'ennuis: c'est une folle.

JEANNE (*tranquillement, tenue par le garde*). Je veux bien
aller en prison, Messire, mais je reviendrai demain soir

quand on me relâchera. Alors, vous feriez mieux de m'écouter tout de suite.

BEAUDRICOURT (*va à elle, hurlant, se tapant la poitrine comme un gorille*). Mais enfin, mille millions de tonnerres, je ne te fais donc pas peur ?

JEANNE (*les yeux au fond des siens avec son petit sourire tranquille*). Non, Messire. Pas du tout.

BEAUDRICOURT (*s'arrête interloqué et hurle au garde*). Fous le camp, toi ! Tu n'as pas besoin d'écouter tout ça !

Le garde disparaît. Quand il est sorti, BEAUDRICOURT *demande, un peu inquiet.*

Pourquoi est-ce que je ne te fais pas peur ? Je fais peur à tout le monde pourtant.

JEANNE (*doucement*). Parce que vous êtes très bon, Messire. . . .

BEAUDRICOURT (*grommelle*). Bon ! Bon ! ça dépend. Je t'ai dit le prix.

JEANNE (*achève*). Et surtout très intelligent.

Elle ajoute.

Je vais avoir à convaincre beaucoup de monde, pour faire tout ce que mes Voix m'ont demandé ; c'est une chance que le premier par qui je dois passer — et de qui tout dépend en somme — soit justement le plus intelligent.

BEAUDRICOURT (*d'abord un peu interloqué, demande d'une voix négligente en se versant un gobelet de vin*). Tu es une drôle de fille, c'est vrai. Pourquoi crois-tu que je suis très intelligent ?

JEANNE. Parce que vous êtes très beau.

BEAUDRICOURT (*avec un regard furtif à un petit miroir de métal, tout proche*). Bah ! Il y a vingt ans, je ne dis pas ; je plaisais aux femmes. . . . J'ai tâché de ne pas trop vieillir, voilà tout. Mais, c'est tout de même drôle d'avoir une conversation de cette portée avec une petite bergère de rien du tout, qui vous tombe un beau matin du ciel.

Il soupire.

Au fond, je m'encroûte ici. Mes lieutenants sont des brutes, personne à qui parler. . . . — Enfin, je serais curieux, puisque nous en sommes là, d'apprendre de ta bouche, quels rapports tu établis entre l'intelligence et la beauté. D'habitude, on dit que c'est le contraire, que les gens beaux sont toujours bêtes.

JEANNE. Ce sont les bossus ou les gens qui ont le nez trop long qui disent cela. Croient-ils donc que le bon Dieu n'a pas les moyens de réussir quelque chose de parfait, si cela lui plaît?

BEAUDRICOURT (*rit, flatté*). Évidemment, pris sous cet angle. . . . Mais, tu vois, moi par exemple qui ne suis pas laid. . . . Je me demande parfois si je suis très intelligent. Non, non, ne proteste pas. Il m'arrive de me poser la question. . . . Je te confie cela, à toi, parce que tu n'as aucune espèce d'importance . . . mais pour mes lieutenants, bien entendu, je suis beaucoup plus intelligent qu'eux. Forcément, je suis capitaine. Si ce principe n'était pas admis, il n'y aurait plus d'armée possible. — Cependant . . . (je veux bien condescendre à bavarder de cela avec toi, l'insolite de notre situation, l'énorme différence sociale qui nous sépare, rendent ces propos à bâtons rompus en quelque sorte inoffensifs) . . . cependant, il y a quelquefois des problèmes qui me dépassent. On me demande de décider quelque chose, du point de vue tactique ou administratif et, tout d'un coup, je ne sais pourquoi, il y a un trou. Le brouillard. Je ne comprends plus rien. Remarque que je ne perds pas la face. Je m'en tire avec un coup de gueule; et je prends tout de même une décision. L'essentiel, quand on a un commandement, c'est de prendre une décision, quelle qu'elle soit. On s'effraie au début, puis avec l'expérience, on s'aperçoit que cela revient à peu près au même . . . quoi qu'on décide. Pourtant, j'aimerais faire mieux. Tu sais, Vaucouleurs, c'est tout petit. J'aimerais un jour prendre une décision importante, une de ces décisions à l'échelle du pays . . . pas une histoire de taille qui ne rentre pas ou d'une demi-douzaine de déserteurs à faire pendre; quelque chose d'un peu exceptionnel, quelque chose qui me fasse remarquer en haut lieu. . . .

> *Il s'arrête de rêver, la regarde.*

Je me demande pourquoi je te dis tout ça à toi qui n'y peux rien et qui es peut-être à moitié folle, par-dessus le marché. . . .

JEANNE (*sourit doucement*). Moi, je sais pourquoi. On m'avait avertie. Écoute, Robert. . . .

BEAUDRICOURT (*sursaute*). Pourquoi m'appelles-tu par mon petit nom?

JEANNE. Parce que c'est celui que Notre-Seigneur t'a donné. Parce que c'est le tien. L'autre, il est aussi à ton frère et à ton père. Écoute, gentil Robert, et ne hurle pas encore, c'est inutile. C'est justement moi, ta décision à prendre, la décision qui te fera remarquer. . . .

BEAUDRICOURT. Qu'est-ce que tu me chantes?

JEANNE (*s'approche*). Écoute, Robert. D'abord, ne pense plus que je suis une fille. Ça t'embrouille les idées. . . . Bien sûr, Notre-Seigneur ne m'a pas faite laide, mais tu es comme tous les hommes, c'est l'occasion que tu ne voulais pas laisser passer. . . . Tu aurais eu peur d'avoir l'air bête à tes yeux. . . . Tu en retrouveras d'autres, va, des filles, vilain pourceau, si tu tiens absolument à pécher. . . . Des filles qui te feront plus plaisir et qui te demanderont moins de choses. . . . Moi, je ne te plais pas tellement.

Il hésite un peu, il a peur d'être dupe, elle se fâche soudain.

Robert, si tu veux que je t'aide, aide-moi aussi! Chaque fois que je te dis la vérité, conviens-en et réponds-moi oui, sans ça nous n'en sortirons pas.

BEAUDRICOURT (*grommelle, le regard fuyant, un peu honteux*). Hé bien, non. . . .

JEANNE (*sévère*). Comment, non?

BEAUDRICOURT. Je veux dire: oui. . . . C'est vrai. Je n'ai pas tellement envie de toi. . . .

Il ajoute, poli.

Remarque, tu es tout de même un beau brin de fille!

JEANNE (*bon enfant*). C'est bon. C'est bon. Ne te donne pas tant de mal, mon gros Robert. Ça ne me vexe pas; au contraire. Ce point éclairci, figure-toi que tu me l'as déjà donné mon habit d'homme, et que nous discutons tous les deux, comme deux braves garçons, avec bon sens et avec calme.

BEAUDRICOURT (*encore méfiant*). Va toujours. . . .

JEANNE (*s'assoit sur le bord de la table, vide le fond de son gobelet*). Mon gros Robert, ta décision, tu la tiens. Ton coup d'éclat, qui va te faire remarquer en haut lieu, c'est pour tout de suite. . . . Considère où ils en sont, à Bourges. Ils ne savent plus à quel saint se vouer. L'Anglais est partout; Bretagne et Anjou attendent pour voir qui payera le plus. Le duc de Bourgogne — qui joue au preux chevalier avec sa belle Toison d'Or toute neuve —, leur tire tout de même dans les pattes et gratte doucement tous les paragraphes gênants sur les traités. On croyait qu'on pouvait au moins compter sur sa neutralité. . . . Elle nous avait coûté assez cher. Aux dernières nouvelles, il parle de marier son fils à une princesse anglaise. Tu te rends compte? L'armée française, tu sais ce que c'est. Des bons garçons capables de donner de bonnes buffes et de bons torchons, mais découragés. Ils se sont mis dans la tête qu'il n'y avait plus rien à faire, que l'Anglais serait toujours le plus fort. Dunois le bâtard; c'est un bon capitaine, intelligent, ce qui est rare dans l'armée, mais on ne l'écoute plus et tout cela commence à l'ennuyer. Il fait la fête avec ses ribaudes dans son camp (mais à cela aussi je mettrai bon ordre; il ne perd rien pour attendre) et puis, il se sent trop grand Seigneur, comme tous les bâtards. . . . Les affaires de la France, après tout, ce n'est pas ses oignons; que ce gringalet de Charles se débrouille avec son patrimoine. . . . La Hire, Xaintrailles, de bons taureaux furieux, ils veulent toujours attaquer, donner de formidables coups d'épée dont on parlera dans les chroniques; c'est des champions de l'exploit individuel, mais ils ne savent pas se servir de leurs canons et ils se font toujours tuer, pour rien, comme à Azincourt. Ah! pour se faire tuer, ils sont un peu là: tous volontaires! . . . Mais ça ne sert à rien du tout de se faire tuer. Tu comprends, mon petit Robert, la guerre, ce n'est pas une partie de balle au pied, ce n'est pas un tournoi; il ne suffit pas de bien jouer de toutes ses forces, en respectant les lois de l'honneur. . . . Il faut gagner. Il faut être malin.

Elle lui touche le front.

Il faut que ça travaille, là-dedans. Toi, qui es intelligent, tu le sais mieux que moi.

BEAUDRICOURT. Je l'ai toujours dit. On ne pense plus assez, de nos jours. Vois mes lieutenants: des brutes, toujours prêts à cogner, c'est tout. Mais ceux qui pensent, personne ne songe à les utiliser.

JEANNE. Personne. C'est pourquoi il faut qu'ils y pensent eux-mêmes, entre autres pensées. Or, justement, toi qui penses, un beau jour, tu as une idée. Une idée géniale et qui peut sauver tout.

BEAUDRICOURT (*inquiet*). J'ai une idée?

JEANNE. Laisse venir. Tu es en train de l'avoir. Dans ta tête, où ça va vite et où ça se met en ordre tout de suite, tu fais le point en ce moment. Tu n'en as pas l'air, c'est ce qui est admirable en toi, mais tu fais le point. Tu es en train d'y voir clair. C'est malheureux à dire mais, en France, en ce moment, il n'y a que toi qui y vois clair!

BEAUDRICOURT.Tu crois?

JEANNE. Je te le dis.

BEAUDRICOURT. Et qu'est-ce que je vois?

JEANNE. Tu vois qu'il faut leur donner une âme à ces gens-là, une foi, quelque chose de simple. Il y a justement dans ta capitainerie une petite à qui saint Michel est apparu et aussi sainte Catherine et sainte Marguerite à ce qu'elle dit. Je t'arrête. Je sais ce que tu vas me dire: tu n'y crois pas. Mais tu passes là-dessus, provisoirement. — C'est là que tu es vraiment extraordinaire. Tu te dis: c'est une petite bergère de rien du tout, bon! Mais supposons qu'elle ait Dieu avec elle, rien ne peut plus l'arrêter. Et qu'elle ait Dieu avec elle ou non, c'est pile ou face. On ne peut pas le prouver, mais on ne peut pas non plus prouver le contraire. . . . Or, elle est parvenue jusqu'à moi, malgré moi, et il y a déjà une demi-heure que je l'écoute — ça, tu ne le discutes pas, c'est un fait. Tu constates. Alors, tout d'un coup, il y a ton idée, ton idée qui commence à te venir. Tu te dis: puisqu'elle m'a convaincu, moi, pourquoi ne convaincrait-elle pas le dauphin et Dunois et l'Archevêque? Ce sont des hommes comme moi après tout — et (entre nous) plutôt moins intelligents que moi. Pourquoi ne convaincrait-elle pas nos soldats que, tout bien pesé, les Anglais, ils sont exactement faits comme eux, moitié courage et moitié envie de sauver sa peau et qu'il suffirait de leur taper fort dessus, et au bon moment, pour les faire décaniller d'Orléans? De quoi ont-ils besoin nos gars, après tout — que tu dis en ce moment même, avec ta tête qui voit plus clair que celle des autres — d'un étendard, de quelqu'un qui galvanise leurs énergies, qui leur prouve que Dieu est avec eux. Alors, c'est là que tu es admirable, tout d'un coup.

BEAUDRICOURT (*piteux*). Tu crois?

JEANNE. Admirable! c'est moi qui te le dis, Robert, mais je ne serai pas la seule. Tu verras dans quelque temps, tout le monde sera de cet avis — et réaliste, comme tous les grands politiques. Tu te dis: moi, Beaudricourt, je ne suis pas tellement sûr qu'elle soit l'envoyée de Dieu. Mais je fais semblant de le croire, je la leur envoie, moi, envoyée de Dieu ou pas, et si *eux* ils le croient, cela reviendra au même. J'ai justement mon courrier pour Bourges qui doit partir demain matin. . . .

BEAUDRICOURT (*sidéré*). Qui t'a dit ça? C'est secret.

JEANNE. Je me suis renseignée.

Elle continue:

Je prends six solides garçons pour l'escorte, je lui donne un cheval et j'expédie la petite avec le courrier. A Chinon, telle que je la connais, elle se débrouillera.

Elle le regarde avec admiration.

Hé bien, tu sais, Robert!

BEAUDRICOURT. Quoi?

JEANNE. Tu es rudement intelligent pour avoir pensé tout ça.

BEAUDRICOURT (*s'éponge le front, épuisé*). Oui.

JEANNE (*ajoute gentiment*). Seulement le cheval, donne-m'en un bien doux, parce que je ne sais pas encore monter.

BEAUDRICOURT (*rigolant*). Tu vas te casser la gueule, ma fille. . . .

JEANNE. Penses-tu! Saint Michel me retiendra. Tiens, je te fais un pari, Robert. Je te parie un habit — l'habit d'homme que tu ne m'as pas encore promis — contre une bonne buffe sur le nez. Tu fais venir deux chevaux dans la cour. On va faire un temps de galop et si je tombe, tu ne me crois pas. C'est régulier, ça?

Elle lui tend la main.

Tope-la! Cochon, qui s'en dédit?

BEAUDRICOURT (*se lève*). Tope-la! J'ai besoin de me remuer un peu. On ne croirait pas, mais de penser, ça fatigue.

Il appelle.

Boudousse!

Paraît LE GARDE.

LE GARDE (*désignant JEANNF*). Je la fourre en prison?

BEAUDRICOURT. Non, imbécile! Tu lui fais donner une culotte et tu nous amènes deux chevaux. Nous allons faire un petit temps de galop tous les deux.

LE GARDE. Mais, et le Conseil? Il est quatre heures.

BEAUDRICOURT (*superbe*). Demain! Aujourd'hui, j'ai assez pensé.

Il sort. JEANNE *passe devant* LE GARDE *sidéré et lui tire la langue; ils se perdent parmi les autres personnages dans l'ombre de la scène.*

WARWICK (*qui a suivi toute la scène, amusé, à* CAUCHON). Évidemment, cette fille avait quelque chose! J'ai beaucoup apprécié cette façon de retourner cet imbécile en lui faisant croire que c'était lui qui pensait.

CAUCHON. Pour mon goût, je trouve la scène un peu grosse. Il faudra tout de même qu'elle trouve mieux avec Charles. . . .

WARWICK. Seigneur Évêque, dans votre métier et dans le mien, nos ficelles valent les siennes. Qu'est-ce que gouverner le monde — avec la trique ou la houlette de pasteur — sinon faire croire à des imbéciles qu'ils pensent d'eux-mêmes, ce que nous leur faisons penser? Pas besoin de l'intervention de Dieu là-dedans. C'est en cela que cette scène m'amuse.

Il s'incline poli, vers l'évêque.

A moins qu'on n'y soit professionnellement tenu, comme vous; bien entendu.

Il demande soudain.

Vous avez la foi, vous, Seigneur Évêque? Excusez ma brutalité. Mais nous sommes entre nous.

CAUCHON (*simplement*). Une foi de petit enfant, Monseigneur. Et c'est pourquoi je vous donnerai du fil à retordre au cours de ce procès. C'est pourquoi mes assesseurs et moi-même nous nous efforcerons jusqu'au bout de sauver Jeanne. Quoique nous ayons été des collaborateurs sincères du régime anglais qui nous paraissait alors la seule solution raisonnable, dans le chaos. Notre honneur, notre pauvre honneur, aura été de faire pourtant l'impossible contre vous, en vivant de votre argent, et avec vos huit cents soldats à la porte du prétoire. . . . Ils avaient beau jeu à Bourges, protégés par l'armée française, de nous traiter de vendus! Nous, nous étions dans Rouen occupé!

WARWICK (*agacé*). Je n'aime pas le mot 'occupé.' Vous oubliez le traité de Troyes. Vous étiez sur les terres de Sa Majesté tout simplement.

CAUCHON. Entouré des soldats de Sa Majesté, des exécutions d'otages de Sa Majesté. Soumis au couvre-feu et au bon plaisir du ravitaillement de Sa Majesté. Nous étions des hommes, nous avions la faiblesse de vouloir vivre et de tenter de sauver Jeanne en même temps. C'était de toute façon un piètre rôle.

WARWICK (*sourit*). Il ne tenait qu'à vous de le rendre plus brillant et d'être des martyrs, mon cher. Mes huit cents soldats étaient prêts.

CAUCHON. Nous l'avons toujours su. Et ils avaient beau nous crier des insultes et taper de grands coups de crosse

70

dans notre porte pour nous rappeler qu'ils étaient là; nous avons ergoté neuf mois avant de vous livrer Jeanne. Neuf mois pour faire dire 'oui' à une petite fille abandonnée de tous. Ils auront beau nous traiter de barbares plus tard, je suis persuadé qu'avec tous leurs grands principes, ils se résigneront à être plus expéditifs. Dans tous les camps.

WARWICK. Neuf mois, c'est vrai. Quel accouchement, ce procès! Elle en met du temps, notre Sainte Mère l'Église, quand on lui demande d'enfanter un petit acte politique. Enfin le cauchemar est passé! La mère et l'enfant se portent bien.

CAUCHON. J'ai beaucoup réfléchi à tout cela Monseigneur. La santé de la mère, comme vous dites, nous préoccupait seule et nous avons de bonne foi sacrifié l'enfant quand nous avons cru comprendre qu'il n'y avait pas autre chose à faire. Dieu s'était tu depuis l'arrestation de Jeanne. Ni elle, quoi qu'elle en ait dit, ni nous bien sûr, ne l'entendions plus. Nous, nous avons continué avec notre routine; il fallait défendre la vieille maison d'abord, cette grande et raisonnable construction humaine qui est en somme tout ce qui nous reste, dans le désert, les jours où Dieu s'absente. . . . Depuis nos quinze ans, dans nos séminaires, on nous avait appris comment on la défend. Jeanne, qui n'avait pas notre solide formation et qui avait douté, j'en suis sûr, abandonnée des hommes et de Dieu, a continué elle aussi, se reprenant tout de suite après son unique faiblesse; avec ce curieux mélange d'humilité et d'insolence, de grandeur et de bon sens, jusqu'au bûcher inclusivement. Nous n'avons pas pu le comprendre alors, nous étions serrés dans les jupes de notre mère, nous bouchant les yeux, comme de vieux petits garçons. Mais c'est dans cette solitude, dans ce silence d'un Dieu disparu, dans ce dénuement et cette misère de bête, que l'homme qui continue à redresser la tête est bien grand. Grand tout seul.

WARWICK. Oui, sans doute. Mais, nous autres, hommes politiques, nous sommes obligés de nous efforcer de ne pas trop penser à cette grandeur de l'homme seul. Comme par un fait exprès, nous la rencontrons généralement chez les gens que nous faisons fusiller.

CAUCHON (*après un temps, ajoute sourdement*). Je me dis parfois pour me consoler: que c'est bien beau tous ces vieux prêtres, que chacune de ses insolentes réponses offusquait, et qui ont tout de même essayé pendant neuf mois, l'épée dans les reins, de ne pas commettre l'irréparable. . . .

WARWICK. Pas de grands mots! . . . Rien n'est irréparable en politique. Je vous dis que nous lui élèverons une belle statue à Londres, le temps venu. . . .

Il se tourne vers les gens de Chinon qui ont occupé le plateau, dressant avec les moyens du bord une petite mise en scène du palais, pendant qu'ils bavardaient.

Mais écoutons plutôt Chinon, Monseigneur. J'ai le plus profond mépris pour ce petit lâche de Charles, mais c'est un personnage qui m'a toujours amusé.

CHARLES *est entouré des deux reines et d'*AGNÈS SOREL. *Les trois hauts hennins s'agitent autour de lui.*

AGNÈS. Mais, Charles, c'est inadmissible! Tu ne peux pas me laisser paraître à ce bal fagotée comme ça. . . . Ta maîtresse avec un hennin de la saison dernière. Tu penses bien que cela serait scandaleux!

LA REINE (*le retourne de son côté*). Et ta reine, Charles! La reine de France! Qu'est-ce qu'on dirait?

CHARLES (*qui joue avec un bilboquet, affalé sur son trône*). On dirait que le roi de France n'a pas un sou. Ce qui est exact.

LA REINE. Je les entends d'ici . . à cour d'Angleterre! La Bedford, la Gloucester, sans compter la maîtresse du cardinal de Winchester! En voilà une qui est bien habillée!

AGNÈS. Tu imagines, Charles, qu'elles ont nos hennins avant nous? On ne s'habille bien qu'à Bourges, c'est connu. Il faut voir comme elles seraient fagotées là-bas, si elles n'envoyaient pas des émissaires acheter nos derniers modèles pour les copier. Enfin, tu es roi de France, tout de même! Comment peux-tu tolérer cela?

CHARLES. D'abord, je ne suis pas roi de France. C'est un bruit que je fais courir, il y a une nuance. . . . Ensuite, nos articles de mode, c'est tout ce que j'arrive à leur vendre, aux Anglais. La mode de Bourges et notre cuisine, c'est avec cela que nous avons encore quelque prestige à l'étranger.

LA REINE YOLANDE. Ce prestige, le seul bien qui nous reste, ces petites n'ont pas tout à fait tort Charles, il faut le défendre. Il est indispensable, qu'à cette fête, on soit obligé de convenir que les dames de la cour de France étaient les mieux vêtues du monde. Souvenez-vous que personne n'a jamais pu dire où commençait exactement la futilité. . . . Un nouveau hennin qu'elles n'ont pas là-bas, Agnès n'a pas entièrement tort, cela peut équivaloir à une victoire. . . .

CHARLES (*ricane*). Une victoire qui ne les empêchera pas de nous escamoter Orléans, belle-maman! . . . Remarquez qu'Orléans n'est pas à moi, il fait partie du fief de mon cousin; moi, personnellement, je suis tranquille, on ne peut plus rien me prendre, à part Bourges qui n'intéresse personne, je n'ai plus rien. Mais tout de même c'est le royaume! . . . Or, aux dernières nouvelles, Orléans est fichue! . . . Et j'aurai beau contre-attaquer à coup de hennin. . . .

AGNÈS. Tu ne te rends pas compte, Charles, comme cela peut être dangereux, un coup de hennin, dans l'œil d'une femme. . . . Je te dis, moi, que la Bedford et la Gloucester — et surtout la maîtresse du cardinal qui se doit d'être la plus élégante étant donné sa position — en feront une maladie! Songe que nous lançons le hennin de douze pouces . . . avec des cornes! c'est-à-dire tout le contraire de la ligne du hennin actuel. . . . Tu ne te rends pas compte, mon petit Charles, du bruit que vont faire ces deux cornes-là dans toutes les cours d'Europe. . . . C'est une véritable révolution!

LA REINE (*s'exclame*). Et le petit plissé derrière!

AGNÈS. Le petit plissé est un chef-d'œuvre! . . . C'est bien simple, elles ne vont plus en dormir, mon chéri. . . . Et

73

le cardinal, le Bedford et le Gloucester par contrecoup, je t'assure qu'ils n'auront plus une minute à eux pour penser à Orléans!

Elle ajoute solennelle, pleine de sagesse.

Si tu as envie d'une victoire, Charles, en voilà une à ta portée et pour rien.

CHARLES (*grommelle*). Pour rien, pour rien. . . . Tu me fais rire! A combien m'as-tu dit qu'ils revenaient ces hennins?

AGNÈS. Six mille francs chacun, mon chéri. C'est pour rien, étant donné qu'ils sont entièrement brodés de perles. . . . Et les perles c'est un placement. . . . Quand le hennin est démodé, tu peux toujours les revendre à un juif et avoir un peu d'argent pour tes troupes.

CHARLES (*sursaute*). Six mille francs! Mais où veux-tu que je prenne six mille francs, pauvre idiote? . . .

LA REINE (*doucement*). Douze mille francs, Charles, parce que nous sommes deux, ne l'oubliez pas. Vous ne voudriez tout de même pas que votre femme soit moins bien vêtue que votre maîtresse.

CHARLES (*lève les bras au ciel*). Douze mille francs! Elles sont complètement folles!

AGNÈS. Remarque qu'il y a un modèle plus simple, mais je ne te le conseille pas. Tu raterais ton effet psychologique sur ces imbéciles d'anglaises. Et en somme, c'est ça que tu cherches!

CHARLES. Douze mille francs! Vous rêvez, mes chattes. De quoi payer la moitié des hommes de Dunois à qui je dois six mois de solde. Je ne comprends pas que vous les encouragiez, belle-maman, vous qui êtes une femme de grand jugement.

LA REINE YOLANDE. C'est parce que je suis une femme de grand jugement que je les soutiens, Charles. M'avez-vous jamais trouvée contre vous quand il s'est agi de votre bien et de votre grandeur? Ai-je jamais fait preuve d'étroitesse d'esprit? Je suis la mère de votre reine et c'est moi qui vous ai présenté Agnès quand j'ai compris qu'elle pourrait vous faire du bien.

LA REINE (*un peu peinée*). Je vous en prie, mère, ne vous en vantez pas!

LA REINE YOLANDE. Agnès est une fille charmante, ma fille, et qui se tient parfaitement à sa place. Et nous avions toutes les deux le plus urgent besoin que Charles se décide à devenir un homme. Et le royaume en avait encore plus besoin que nous. Un peu de hauteur ma fille, vous pensez comme une petite bourgeoise en ce moment! . . . Pour que Charles devînt un homme, il lui fallait une femme. . .

LA REINE (*aigre*). J'étais une femme, il me semble, et la sienne par-dessus le marché!

LA REINE YOLANDE. Je ne veux pas vous blesser, ma petite chèvre . . . mais si peu! Je vous en parle parce que j'ai été comme vous. De la droiture, de la tête — plus que vous — mais c'est tout. C'est pourquoi j'ai toujours toléré que le roi, votre père, ait des maîtresses. Soyez sa reine, tenez sa maison, faites-lui un dauphin, et pour le reste, déchargez-vous de la besogne. On ne peut pas tout faire. Et puis ce n'est pas un métier d'honnêtes femmes l'amour. Nous le faisons mal. . . . D'ailleurs, vous me remercierez plus tard, on dort si bien toute seule. . . . Regardez comme Charles est plus viril depuis qu'il connaît Agnès! N'est-ce pas Charles, que vous êtes plus viril?

CHARLES. Hier, j'ai dit non, à l'Archevêque. Il a essayé de me faire peur, il a envoyé La Trémouille gueuler un bon coup, il m'a menacé de me faire excommunier. Le grand jeu quoi! . . . J'ai tenu bon.

AGNÈS. Et grâce à qui?

CHARLES (*avec une petite caresse à sa cuisse*). Grâce à Agnès! On avait répété toute la scène au lit.

LA REINE YOLANDE (*se rapproche*). Qu'est-ce qu'il voulait l'Archevêque? Vous ne me l'avez pas redit?

CHARLES (*qui caresse toujours distraitement la cuisse d'Agnès debout près de lui*). Je ne sais plus. Donner Paris au duc de Bourgogne ou quelque chose comme cela, pour obtenir une trêve d'un an. Remarquez que c'était pratiquement sans importance. Il y est déjà à Paris, le duc. Mais il faut avoir des principes; Paris, c'est la France et la France est à moi.

75

Enfin, je m'efforce de la croire. J'ai dit non. Il en faisait une tête l'Archevêque, le duc avait dû lui promettre gros.

AGNÈS. Et qu'est-ce qui se serait passé si tu avais dit oui, malgré moi, petit Charles?

CHARLES. Tu aurais eu la migraine ou mal au ventre pendant huit jours, sale fille! Et je peux à la rigueur me passer de Paris, mais pas de toi. . . .

AGNÈS. Alors, mon chéri, puisque je t'ai aidé à sauver Paris, tu peux bien me le payer ce hennin, et un aussi pour ta petite reine, à qui tu viens de dire des choses très désagréables sans t'en rendre compte, comme toujours, vilain garçon. . . . Tu ne veux tout de même pas que je sois malade pendant huit jours? Tu t'ennuierais trop. . . .

CHARLES (vaincu). C'est bon, commandez-les, vos hennins. . . . Si ce n'est pas à l'Archevêque, c'est à vous qu'il faut dire oui, c'est toujours la même comédie. . . . Mais je vous avertis que je ne sais pas du tout comment je les payerai.

AGNÈS. Tu signeras un bon sur le Trésor, petit Charles, et on verra plus tard. Venez, ma petite Majesté, nous allons les essayer ensemble. Préférez-vous le rose ou le vert? Je crois qu'à votre teint, c'est le rose qui ira le mieux. . . .

CHARLES (sursaute). Comment? Ils sont déjà là?

AGNÈS. Tu n'y entends rien, mon chéri! Tu penses bien que pour les avoir pour la fête, il a fallu les commander il y a un mois. Mais on était sûres que tu dirais oui, n'est-ce pas Majesté? Tu vas voir la tête qu'elles vont faire à Londres! C'est une grande victoire pour la France, tu sais Charles!

Elles se sont sauvées avec des baisers.

CHARLES (se remet sur son trône, sifflotant). Ils me font rire avec leurs victoires! La Trémouille, Dunois, c'est pareil! Ça va toujours être une grande victoire; mais tout s'achète de nos jours, les grandes victoires comme le reste. Et si je n'ai pas assez d'argent, moi, pour m'offrir une grande victoire? si c'est au-dessus de mes moyens, la France?

Il prend son écritoire en grommelant.

Enfin, on verra bien! Je vais toujours signer un bon sur le Trésor! Espérons que le marchand s'en contentera. Le Trésor est vide, mais rien ne l'indique sur le papier.

Il se retourne vers LA REINE YOLANDE.

Vous n'en voulez pas un, hennin, vous aussi, tant que j'y suis? Ne vous gênez pas. De toute façon, ma signature ne vaut rien.

LA REINE YOLANDE (*se rapproche*). J'ai renoncé aux hennins, Charles, à mon âge. Je veux autre chose.

CHARLES (*lassé*). Faire de moi un grand roi, je sais! C'est fatigant à la longue tous ces gens qui veulent faire de moi un grand roi. Même Agnès! même au lit! vous pensez comme c'est drôle. . . . Ah! vous l'avez bien dressée! Quand comprendrez-vous, tous, que je ne suis qu'un pauvre petit Valois de rien du tout et qu'il faudrait un miracle? C'est entendu, mon grand-père Charles a été un grand roi; mais il vivait avant la guerre où tout était beaucoup moins cher. Et d'ailleurs, lui, il était riche. . . . Mon père et ma mère ont tout mangé; il y a eu je ne sais combien de dévaluations en France, et je n'ai plus les moyens d'être un grand roi, moi, voilà tout! Je fais ce que je peux (pour faire plaisir à cette petite putain d'Agnès dont je ne peux pas me passer). Mais entre nous, ce n'est pas seulement les moyens qui me manquent, c'est le courage. C'est trop fatigant le courage et trop dangereux dans ce monde de brutes où nous vivons. Vous savez que ce gros porc de La Trémouille a tiré l'épée de fureur l'autre jour? Nous étions seuls, personne pour me défendre. . . . C'est qu'il m'en aurait aussi bien fichu un coup, cette grande brute-là! Je n'ai eu que le temps de sauter derrière mon trône. . . . Vous vous rendez compte où nous en sommes? Tirer l'épée devant le roi! J'aurais dû faire appeler le Connétable pour l'arrêter, malheureusement c'était lui, le Connétable, et je ne suis pas tellement sûr d'être le roi. . . . C'est pour ça qu'ils me traitent tous comme ça; ils savent que je ne suis peut-être qu'un bâtard.

LA REINE YOLANDE (*doucement*). C'est vous, et vous seul, qui le répétez tout le temps, Charles. . . .

CHARLES. Quand je vois leurs gueules de fils légitimes à tous, c'est fou ce que je me sens bâtard! Qu'est-ce que c'est que cette époque où il faut être premier prix de gymnastique pour être quelqu'un? où il faut pouvoir brandir une épée de huit livres, se balader avec une armure de je ne sais combien sur le dos! . . . Quand on me la met, la mienne, je ne peux plus bouger. Je suis bien avancé! Et je n'aime pas les coups, moi. Ni en donner ni en recevoir.

Il tape soudain du pied comme un enfant.

Et puis j'ai peur, là!

Il se retourne vers elle, hargneux.

Qu'est-ce que vous voulez me demander encore qui est au-dessus de mes forces?

LA REINE YOLANDE. De recevoir cette pucelle, Charles, qui nous arrive de Vaucouleurs. Elle se dit envoyée de Dieu. Elle dit qu'elle vient pour délivrer Orléans. Déjà dans le peuple, on ne parle plus que d'elle, on attend avec une immense espérance que vous acceptiez de la recevoir.

CHARLES. Alors, vous trouvez que je ne suis pas assez ridicule comme ça? Donner audience à une petite illuminée de village? Vraiment, belle-maman, pour une femme de bon sens, vous me décevez. . . .

LA REINE YOLANDE. Je vous ai déjà donné Agnès, Charles, contre mes intérêts de mère, pour votre bien. Maintenant, je vous dis de prendre cette pucelle. . . . Cette fille a quelque chose d'extraordinaire ou tout au moins tout le monde le croit, et c'est l'essentiel.

CHARLES (*ennuyé*). Je n'aime pas les pucelles. . . . Vous allez encore me dire que je ne suis pas assez viril, mais cela me fait peur. . . . Et puis j'ai Agnès qui me plaît encore. . . . Ce n'est pas pour vous faire un reproche, mais vous avez une drôle de vocation, belle-maman, pour une reine. . . .

LA REINE YOLANDE (*sourit*). Vous ne me comprenez pas, Charles. Ou vous faites semblant de ne pas me comprendre. C'est dans votre conseil que je vous demande de prendre cette petite paysanne. Pas dans votre lit.

CHARLES. Alors là, malgré tout le respect que je vous dois, vous êtes complètement folle, belle-maman! Dans mon conseil, avec l'Archevêque, et La Trémouille qui se croit sorti de la cuisse de Jupiter, une petite paysanne de rien du tout? Mais vous voulez donc qu'ils me crèvent les yeux?

LA REINE YOLANDE (*doucement*). Je crois que vous avez tous besoin d'une paysanne, précisément, dans vos conseils. Ce sont les grands qui gouvernent le royaume et c'est justice; Dieu l'a remis entre leurs mains. . . . Mais, sans vouloir me mêler de juger les décisions de la Providence, je suis étonnée quelquefois qu'Elle ne leur ait pas donné en même temps, comme Elle l'a fait généreusement aux plus humbles de Ses créatures, meilleure mesure de simplicité et de bon sens.

CHARLES (*ironise*). Et de courage! . . .

LA REINE YOLANDE (*doucement*). Et de courage, Charles.

CHARLES. En somme, belle-maman, à ce que je crois comprendre, vous êtes pour confier le gouvernement aux peuples? A ces bons peuples qui ont toutes les vertus? Vous savez ce qu'il fait, ce bon peuple, quand les circonstances le lui offrent, le pouvoir? Vous avez lu l'histoire des tyrans?

LA REINE YOLANDE. Je ne connais rien de l'Histoire, Charles. De mon temps, les filles de roi n'apprenaient qu'à filer; comme les autres.

CHARLES. Eh bien, moi, je la connais, cette suite d'horreurs et de cancans, et je m'amuse quelquefois à en imaginer le déroulement futur pendant que vous me croyez occupé à jouer au bilboquet. . . . On essaiera ce que vous préconisez. On essaiera tout. Des hommes du peuple deviendront les maîtres des royaumes, pour quelques siècles — la durée du passage d'un météore dans le ciel — et ce sera le temps des massacres et des plus monstrueuses erreurs. Et au jour du jugement, quand on fera les additions, on s'apercevra que le plus débauché, le plus capricieux de ses princes aura coûté moins cher au monde, en fin de compte, que l'un de ces hommes vertueux.

Donnez-leur un gaillard à poigne, venu d'eux, qui les gouverne, et qui veuille les rendre heureux, coûte que coûte, mes Français, et vous verrez qu'ils finiront par le regretter leur petit Charles avec son indolence et son bilboquet. . . . Moi, du moins, je n'ai pas d'idées générales sur l'organisation du bonheur. Ils ne se doutent pas encore combien c'est un détail inappréciable.

LA REINE YOLANDE. Vous devriez cesser de jouer avec ce bilboquet, Charles, et de vous asseoir à l'envers sur votre trône! Cela n'est pas royal!

CHARLES. Laissez-moi donc. Quand je rate mon coup, au moins c'est sur mon doigt ou sur mon nez que la boule retombe. Cela ne fait de mal à personne, qu'à moi. Que je prenne la boule d'une main et le bâton de l'autre, que je m'asseye droit sur mon trône, que je commence à me prendre au sérieux et chaque fois que je ferai une bêtise, c'est sur votre nez à tous que la boule retombera.

Entrent L'ARCHEVÊQUE *et* LA TRÉMOUILLE. *Il leur crie, se tenant noblement sur son trône comme il l'a dit:*

Archevêque, Connétable, vous arrivez bien! Je suis en train de gouverner. Vous voyez, je me suis procuré le globe et la main de justice.

L'ARCHEVÊQUE (*prend son face-à-main*). Mais c'est un bilboquet!

CHARLES. Aucune importance, Monseigneur: tout est symbole. Ce n'est pas à un prince de l'Église que je vais l'apprendre. Vous avez sollicité une audience, Monseigneur, que je vous vois soudain devant moi?

L'ARCHEVÊQUE. Ne plaisantons pas, Monsieur. Je sais qu'une fraction de l'opinion qui toujours s'agite et intrigue, cherche à vous imposer de recevoir cette pucelle, dont tout le monde parle depuis quelque temps. Cela, Monseigneur, le Connétable et moi-même, nous sommes venus vous dire que nous ne l'admettrions jamais!

CHARLES (*à la Reine Yolande*). Qu'est-ce que je vous disais? Messieurs, je prends note de vos bons conseils et je vous en remercie. J'aviserai de la suíte à donner à cette affaire. Vous pouvez disposer, l'audience est terminée.

L'ARCHEVÊQUE. Encore une fois, Monseigneur, nous ne jouons pas!

CHARLES. Vous voyez, pour une fois que je parle en roi, tout le monde croit que je m'amuse.

Il se recouche sur son trône avec son bilboquet.

Alors laissez-moi donc m'amuser tranquillement. . . .

L'ARCHEVÊQUE. La réputation miraculeuse de cette fille l'a déjà précédée ici, Monseigneur. Un inexplicable engouement. Il paraît qu'ils parlent déjà d'elle et l'attendent, dans Orléans assiégée. La main de Dieu la conduit. . . . Dieu a décidé de sauver le royaume de France par elle et de faire repasser la mer aux Anglais, et autres balivernes; Dieu voudra que vous la receviez en votre royale présence . . . rien ne peut l'empêcher. . . . Je ne sais pas ce qu'ils ont tous à vouloir que Dieu se mêle de leurs affaires! . . . Et, naturellement, elle fait des miracles, la petite garce, c'est le contraire qui m'eût étonné. Un soldat l'a traitée de je ne sais quoi comme elle arrivait à Chinon. Elle lui a dit: 'Tu as tort de jurer, toi qui paraîtras bientôt devant ton Seigneur. . . .' Une heure plus tard, cet imbécile tombait par mégarde dans le puits de la cour des communs et se noyait. Ce faux pas d'un ivrogne a fait plus pour la réputation de cette fille qu'une grande victoire pour Dunois. Tout le monde est unanime, du dernier des valets de chiens, aux plus grandes dames de votre cour, comme je le vois: il n'y a plus qu'elle qui peut nous sauver. C'est absurde.

CHARLES s'est remis de travers sur son trône et est occupé à jouer au bilboquet.

Monseigneur, je traite devant vous d'une des plus graves affaires du royaume et vous jouez au bilboquet!

CHARLES. Monseigneur, il faut s'entendre. Ou vous voulez que je joue au bilboquet, ou vous voulez que je gouverne.

Il se dresse.

Voulez-vous que je gouverne?

L'ARCHEVÊQUE (*effrayé*). On ne vous en demande pas tant! On voudrait seulement que vous reconnaissiez nos efforts. . . .

CHARLES. Je les reconnais, je les apprécie et je les trouve complètement inutiles. Tout le monde a envie que je reçoive cette fille, n'est-ce pas?

L'ARCHEVÊQUE. Je n'ai pas dit cela, Monseigneur!

CHARLES. Moi, personnellement, je n'ai aucune curiosité, vous le savez. Les nouvelles têtes m'ennuient et on connaît toujours trop de gens. . . . Et puis les envoyés de Dieu, il est rare que ce soient des rigolos. Mais je veux être un bon roi et contenter mes peuples. Je verrai cette illuminée, ne serait-ce que pour la confondre. Vous lui avez parlé vous, Archevêque?

L'ARCHEVÊQUE (*hausse les épaules*). J'ai autre chose à faire, Monseigneur, avec le poids des affaires du royaume sur mes épaules.

CHARLES. Bien. Moi, je n'ai rien d'autre à faire qu'à jouer au bilboquet Je la verrai donc pour vous décharger de ce souci, et je vous promets de vous dire franchement mon impression. Vous pouvez me faire confiance, Monseigneur. Vous me méprisez cordialement, vous n'avez aucune sorte d'estime pour moi, mais vous savez, du moins, que je suis un homme léger. Et ce défaut doit vous paraître en cette circonstance une qualité inappréciable. Tout ce qui se prend un peu au sérieux m'ennuie très vite. Je vais recevoir cette fille et si elle me donne envie de l'écouter me parler du salut du royaume — ce que personne n'a encore jamais réussi sans me faire bâiller — c'est qu'elle peut vraiment faire des miracles. . . .

L'ARCHEVÊQUE (*grommelle*). Une fille de paysan chez le roi! . . .

CHARLES (*simplement*). Oh! vous savez, je reçois un peu tous les mondes chez moi. . . . Je ne dis pas cela pour Monsieur de La Trémouille qui sort directement de la cuisse de Jupiter. . . . Mais vous-même, Monseigneur, je crois me souvenir qu'on m'a dit que vous étiez le petit-fils d'un marchand de vins. . . . Loin de moi de vous en faire un reproche! Quoi de plus naturel? Vous êtes venu à la prêtrise par les burettes, en somme. Et moi, vous me l'avez assez répété: il n'est pas du tout sûr que je sois fils de roi. Alors, ne jouons pas au petit jeu des castes, nous nous rendrions tous ridicules. . . . Venez, belle-maman. J'ai envie de lui faire une bonne farce à cette petite pucelle-là! . . . Nous allons déguiser un de mes pages avec un pourpoint royal, le moins troué; nous le mettrons sur le trône — où il aura sûrement meilleure mine que moi — et moi je me perdrai dans la foule. . . . Le petit discours de l'envoyée de Dieu à un page! . . . Ce sera du dernier comique. . . .

Ils sont sortis.

L'ARCHEVÊQUE (*à La Trémouille*). On le laisse faire? Il prend cela en jouant comme le reste. Ça ne peut pas être très dangereux. Et puis le fait qu'il l'ait reçue calmera peut-être les esprits. Dans quinze jours, on se toquera d'une autre envoyée de Dieu et on aura oublié celle-là.

LA TRÉMOUILLE. Archevêque, je commande l'armée. Et tout ce que je peux vous dire, c'est que la médecine officielle a maintenant dit son dernier mot. Nous en sommes aux rebouteux, aux guérisseurs, aux charlatans. . . . Enfin, à ce que vous appelez les envoyés de Dieu. Qu'est-ce qu'on risque?

L'ARCHEVÊQUE (*soucieux*). Connétable, avec Dieu, on risque toujours tout. S'il nous a vraiment envoyé cette fille, s'Il se met à s'occuper de nous, nous n'avons pas fini d'avoir des ennuis. Nous sortirons de notre petit train-train, nous gagnerons quatre ou cinq batailles et puis les scandales et les complications commenceront. Une vieille expérience d'homme de gouvernement et d'homme d'Église m'a appris qu'il ne fallait jamais attirer l'attention de Dieu. Il faut se faire tout petits, Connétable, tout petits.

Les courtisans prennent place avec les reines, un page occupe le trône tandis que CHARLES *s'est glissé dans la foule.* L'ARCHEVÊQUE *achève tout bas:*

D'autant plus qu'avec Dieu, ce qu'il y a de terrible, c'est qu'on ne sait jamais si ce n'est pas un coup du diable. . . .

Enfin, par l'un ou par l'autre, les dés sont jetés! La voilà!

Tout le monde s'est groupé autour du trône où se tient

le petit page; CHARLES *est dans la foule.* JEANNE
*entre toute seule, toute petite, toute grise, dans son
simple costume, au milieu des armures et des hauts
hennins. . . . On s'écarte, lui frayant un chemin
jusqu'au trône. Elle va pour se prosterner, hésite, toute
rouge, regardant le page. . . .*

LA REINE YOLANDE (*lui glisse à l'oreille*). Il faut se prosterner, petite, devant le roi.

JEANNE *se retourne vers elle, affolée, la regarde avec
une expression presque douloureuse sur le visage, puis
soudain, elle regarde tous ces gens muets qui l'épient,
et s'avance en silence dans la foule qui s'écarte. Elle
va jusqu'à* CHARLES *qui essaie de l'éviter; quand il voit
qu'elle va l'atteindre, il se met presque à courir pour
se faufiler derrière les autres, mais elle le suit, courant
presque elle aussi, le traque dans un coin et tombe à
ses genoux.*

CHARLES (*gêné, dans le silence*). Qu'est-ce que vous me
voulez, Mademoiselle?

JEANNE. Gentil Dauphin, j'ai nom Jeanne la Pucelle. Le
Roi des Cieux vous fait dire par moi que vous serez sacré
et couronné dans la ville de Reims et vous serez lieutenant
du Roi des Cieux, qui est roi de France!

CHARLES (*gêné*). Heu. . . . Voilà qui est bien, Mademoiselle. Mais Reims est aux Anglais, que je sache. Comment y aller?

JEANNE (*toujours à genoux*). En les battant, gentil Dauphin
— de force, bien sûr! Nous commencerons par Orléans
et après nous irons à Reims.

LA TRÉMOUILLE (*s'approche*). Mais, petite folle, n'est-ce
pas ce que cherchent à faire tous nos grands capitaines
depuis des mois? Je suis leur chef, j'en sais quelque chose.
Et ils n'y parviennent pas.

JEANNE (*s'est relevée*). Moi, j'y parviendrai.

LA TRÉMOUILLE. Je voudrais bien savoir comment!

JEANNE. Avec l'aide de Notre-Seigneur Dieu qui m'envoie.

LA TRÉMOUILLE. Parce que Dieu, aux dernières nouvelles,
a décidé de nous faire reprendre Orléans?

JEANNE. Oui, Messire, et de chasser les Anglais hors de France.

LA TRÉMOUILLE (*ricane*). Voilà une bonne pensée! Mais il ne peut pas faire ses commissions lui-même? Il avait besoin de toi?

JEANNE. Oui, Messire.

L'ARCHEVÊQUE (*s'approche*). Jeune fille . . .

> JEANNE *le voit, se prosterne et baise le bas de sa robe.*
> *Il lui donne sa bague, la relève d'un geste.*

Vous dites que Dieu veut délivrer le royaume de France. Si telle est sa volonté il n'a pas besoin de gens d'armes. . .

JEANNE (*bien en face*). Oh, Monseigneur, Dieu n'aime pas les fainéants. Il faudra que les gens d'armes bataillent un bon coup et puis, Lui, donnera la victoire.

CHARLES (*qui la regarde troublé, demande soudain*). A quoi m'avez-vous reconnu? Je n'avais pas ma couronne. . . .

JEANNE. Gentil Dauphin, ce petit rien du tout sur votre trône, avec votre couronne et votre pourpoint, c'était une bonne farce, mais on voyait bien que ce n'était qu'un petit rien du tout. . . .

CHARLES. Vous vous trompez Mademoiselle, c'est le fils d'un très grand seigneur. . . .

JEANNE. Je ne sais pas qui sont les grands seigneurs. . . . C'est tout de même un petit rien du tout auprès de vous qui êtes notre roi.

CHARLES (*troublé*). Qui t'a dit que j'étais ton roi? Moi non plus, je ne paie pas de mine. . . .

JEANNE. Dieu, gentil Dauphin, qui vous a désigné depuis toujours, à travers votre père et votre grand-père et toute la suite des rois, pour être le lieutenant de Son royaume.

> L'ARCHEVÊQUE *et* LA TRÉMOUILLE *échangent un regard agacé.* L'ARCHEVÊQUE *s'avance.*

L'ARCHEVÊQUE. Monseigneur. Les réponses de cette fille sont en effet intéressantes et font preuve d'un certain bon sens. Mais dans une matière aussi délicate, il convient d'être circonspect, de s'entourer des plus sévères précautions. Une commission de sages docteurs devra longuement l'interroger et l'examiner. . . . Nous statuerons alors, en Conseil, sur leur rapport et nous verrons s'il est opportun d'accorder à cette fille une audience plus longue. Il n'est pas nécessaire, aujourd'hui, qu'elle vous importune davantage. Je vais moi-même lui faire subir un premier interrogatoire. Venez, ma fille.

CHARLES. Non, par exemple!

Il arrête JEANNE.

Ne bougez pas, vous.

Il se retourne vers L'ARCHEVÊQUE, *prenant la main de* JEANNE *pour se donner du courage.*

C'est moi qu'elle a reconnu. C'est à moi qu'elle s'est adressée. Je veux que vous me laissiez seul avec elle, tous.

L'ARCHEVÊQUE. Mais, Altesse, il n'est pas décent que de but en blanc. . . . Le souci de votre sécurité même. . . .

CHARLES (*à ce mot, a un petit peu peur, mais il regarde Jeanne et se reprend*). J'en suis seul juge.

Il récite.

A travers mon père, mon grand-père et cette longue suite de rois. . . .

Il cligne de l'œil à JEANNE.

C'est bien ça? . . .

Il se retourne vers les autres, imperturbable.

Sortez, Messieurs, le roi l'ordonne.

Tous s'inclinent et sortent. CHARLES *garde son attitude noble un instant, puis soudain pouffe de rire.*

Ils sont sortis! Tu es une fille épatante! C'est bien la première fois que je me fais obéir. . . .

Il la regarde soudain, inquiet.

Ce n'est pas vrai tout de même ce qu'il a tenté d'insinuer? Tu n'es pas venue pour me tuer? Tu n'as pas un couteau sous ta jupe?

Il la regarde, elle sourit, grave.

Non. Tu as une bonne bille. Au milieu de tous ces forbans, de ma cour, j'avais fini par oublier ce que c'était, une bonne bille. . . . Vous êtes beaucoup à avoir une bonne tête comme ça, dans mon royaume?

JEANNE (*sourit toujours, grave*). Plein, Sire.

CHARLES. Seulement, je ne vous vois jamais. . . . Des

brutes, des prêtres ou des putains — voilà tout ce qui m'entoure. . . .

Il se reprend.

Il y a ma petite reine qui est bien gentille, mais elle est bête. . . .

Il se remet sur son trône, les pieds sur l'accoudoir, et soupire.

Bon. Maintenant, tu vas commencer à m'ennuyer. Tu vas commencer à me dire qu'il faut que je sois un grand roi, toi aussi. . . .

JEANNE (*doucement*) Oui, Charles.

CHARLES (*il se relève, il a une idée*). Écoute, il va falloir que nous restions enfermés ensemble au moins une heure pour les impressionner. . . . Si tu me parles de Dieu et du royaume de France pendant une heure je ne tiendrai jamais. . . . Je vais te faire une proposition. On va parler de tout autre chose pendant ce temps-là.

Il demande soudain.

Tu sais jouer aux cartes?

JEANNE (*ouvre de grands yeux*). Je ne sais pas ce que c'est.

CHARLES. C'est un jeu très amusant qu'on a inventé pour papa; pour le distraire pendant sa maladie. Tu vas voir, je vais t'apprendre. Moi c'est arrivé à m'ennuyer comme le reste depuis le temps que j'y joue, mais toi qui n'as pas encore l'habitude, cela va sûrement t'amuser beaucoup.

Il va fourrager dans un coffre.

J'espère qu'ils ne me l'ont pas volé. On me vole tout ici. Et, tu sais, cela vaut très cher un jeu de cartes. Il n'y a que les très grands princes qui en ont. Moi, c'est un reste de papa. Je n'aurai jamais assez d'argent pour m'en acheter un autre. . . . Si ces cochons-là me l'ont volé. . . Non, le voilà.

Il revient avec les cartes.

Tu sais qu'il était fou, papa? Il y a des jours où je voudrais bien être son fils pour être sûr que je suis le vrai roi. . . . Il y a des jours où je me dis qu'il vaudrait mieux que je sois un bâtard, pour ne pas craindre de devenir fou comme lui vers la trentaine.

JEANNE (*doucement*). Et entre les deux, qu'est-ce que tu préférerais, Charles?

CHARLES (*se retourne surpris*). Tiens, tu me tutoies? On en voit de si drôles aujourd'hui! C'est un jour très amusant. J'ai l'impression que je ne vais pas m'ennuyer aujourd'hui; c'est merveilleux!

JEANNE. Tu ne t'ennuieras plus jamais maintenant, Charles.

CHARLES. Tu crois? Ce que je préfère, dis-tu? Hé bien, les jours où j'ai du courage, j'aime mieux risquer de devenir fou un jour et être le vrai roi. Et les jours où je n'ai pas de courage, j'aime mieux envoyer tout promener et me retirer avec mes quatre sous quelque part à l'étranger et vivre tranquille. Tu connais Agnès?

JEANNE. Non.

CHARLES (*qui bat les cartes*). C'est une jolie fille. Je ne m'ennuie pas trop avec elle non plus. Mais elle veut toujours que je lui achète des choses.

JEANNE (*demande, grave soudain*). Et aujourd'hui, Charles, tu as du courage?

CHARLES. Aujourd'hui? . . .

> *Il cherche.*

Oui, il me semble que j'ai un petit peu de courage aujourd'-hui. Pas beaucoup mais un petit peu. D'ailleurs, tu as vu comment j'ai envoyé promener l'Archevêque. . . .

JEANNE. Hé bien, à partir d'aujourd'hui tu auras du courage tous les jours, Charles.

CHARLES (*se penche, intéressé*). Tu as un truc?

JEANNE. Oui.

CHARLES. Tu es un peu sorcière? Tu peux me le dire, à moi cela m'est égal. Et je te jure que je ne le répéterai pas. Les supplices, j'ai ça en horreur. Une fois, ils m'ont emmené voir brûler une hérétique. J'ai vomi toute la nuit.

JEANNE (*sourit*). Non, Charles, je ne suis pas sorcière, mais j'ai tout de même un truc.

CHARLES. Tu ne me le vendrais pas, sans le dire aux autres? Je ne suis pas très riche mais je te ferai un bon sur le Trésor.

JEANNE. Je te le donnerai, Charles.

CHARLES (*méfiant*). Pour rien?

JEANNE. Oui.

CHARLES (*se ferme soudain*). Alors, je me méfie. Ou bien ce n'est pas un bon truc, ou bien cela me coûtera trop cher. Les gens désintéressés, c'est toujours hors de prix. . . .

Il bat les cartes.

Tu sais, j'ai pris l'habitude de faire l'imbécile pour qu'on me fiche la paix, mais j'en sais long. On ne me roule pas facilement.

JEANNE (*doucement*). Tu en sais trop long, Charles.

CHARLES. Trop long? On n'en sait jamais trop long.

JEANNE. Si. Quelquefois.

CHARLES. Il faut bien se défendre. Je voudrais t'y voir! . . . Si tu étais toute seule au milieu de ces brutes qui ne pensent qu'à vous donner un bon coup de dague au moment où vous vous y attendez le moins, et plutôt gringalet de nature, comme moi, tu n'aurais pas été longue à comprendre que le seul moyen de s'en tirer, c'est d'être beaucoup plus intelligent qu'eux. Je suis beaucoup plus intelligent qu'eux. C'est pourquoi je tiens tant bien que mal sur mon petit trône de Bourges.

JEANNE (*met la main sur son bras*). Je serai là, maintenant, pour te défendre.

CHARLES. Tu crois?

JEANNE. Oui. Et moi je suis forte. Je n'ai peur de rien.

CHARLES (*soupire*). Tu en as de la chance! . . .

Il dispose les cartes.

Mets-toi sur le coussin, je vais t'apprendre à jouer aux cartes.

JEANNE. (*sourit, s'asseyant près du trône*). Si tu veux. Après, moi, je t'apprendrai autre chose.

CHARLES. Quoi?

JEANNE. A n'avoir peur de rien. Et à ne pas être trop intelligent.

CHARLES. Entendu. Tu vois les cartes? On a peint des figures dessus. Il y a de tout, comme dans la vie: des valets, des reines, des rois. . . . Sur les autres les petits

cœurs, les petits piques, les petits trèfles, les petits car-
reaux; c'est la troupe. On en a beaucoup, on peut en
faire tuer tant qu'on veut. On distribue les cartes sans
les regarder, le hasard t'en donne beaucoup de bonnes
ou beaucoup de mauvaises et on livre bataille. Suivant
leur valeur, les cartes peuvent se prendre les unes les
autres. Quelle est la plus forte à ton avis?

JEANNE. C'est le roi.

CHARLES. Oui. C'est une des plus fortes, mais il y a plus
fort encore que les rois, ma fille, au jeu de cartes. Cette
carte-là, ce grand cœur tout seul. Tu sais comment on
l'appelle?

JEANNE. Dieu, pardine, c'est lui qui commande les rois.

CHARLES (*agacé*). Mais non bougre d'obstinée! Laisse Dieu
cinq minutes tranquille! On joue aux cartes en ce moment.
C'est l'as.

JEANNE. Quoi, l'as? C'est idiot ton jeu de cartes. Qu'est-ce
qui peut être plus fort que les rois, sinon Dieu?

CHARLES. L'as précisément. L'as, c'est Dieu si tu veux,
mais dans chaque camp. Tu vois, as de cœur, as de pique,
as de trèfle, as de carreau. Il y en a un pour chacun. On
n'en sait pas long, à ce que je vois, dans ton village! Tu
crois donc que les Anglais, ils ne font pas leurs prières
aussi bien que nous? Tu crois donc qu'ils n'ont pas Dieu,
eux aussi, qui les protège et qui les fait vaincre? Et mon
cousin, le duc de Bourgogne, il a son petit Dieu pour la
Bourgogne, tout pareil, un petit Dieu très entreprenant
et très malin qui lui tire toujours son épingle du jeu. Dieu
est avec tout le monde ma fille. C'est l'arbitre et il marque
les points. Et, en fin de compte, il est toujours avec ceux
qui ont beaucoup d'argent et de grosses armées. Pourquoi
voudrais-tu que Dieu soit avec la France, maintenant
qu'elle n'a plus rien du tout?

JEANNE (*doucement*). Peut-être parce qu'elle n'a plus rien
du tout, Charles.

CHARLES (*hausse les épaules*). Tu ne le connais pas!

JEANNE. Si Charles, mieux que toi. Dieu n'est pas avec
ceux qui sont les plus forts. Il est avec ceux qui ont le

plus de courage. Il y a une nuance. Dieu n'aime pas ceux qui ont peur.

CHARLES. Alors, il ne m'aime pas. Et s'il ne m'aime pas, pourquoi veux-tu que je l'aime? Il n'avait qu'à m'en donner du courage. Je ne demandais pas mieux, moi!

JEANNE (*sévère*). Tu crois donc que c'est ta nourrice et qu'Il n'a que toi à s'occuper? Tu ne pourrais pas essayer de te débrouiller un peu toi-même avec ce que tu as? Il ne t'a pas donné de très gros bras, c'est vrai, comme à Monsieur de La Trémouille, et Il t'a fait de trop longues jambes, toutes maigres. . . .

CHARLES. Tu as remarqué? Pour ça, il aurait pu faire mieux. Surtout avec la mode actuelle. Tu sais que c'est à cause de mes jambes qu'Agnès ne m'aimera jamais? Si au moins, il avait eu le compas dans l'œil, s'il ne m'avait pas donné de gros genoux en même temps. . . .

JEANNE. Je te l'accorde. Il n'a pas fait grands frais pour tes genoux. Seulement, Il t'a donné autre chose, dans ta vilaine caboche de vilain garçon. La petite étincelle, qui est ce qui Lui ressemble le plus. Tu peux en faire un bon ou un mauvais usage Charles, pour cela, Il te laisse libre, Dieu. Tu peux t'en servir pour jouer aux cartes et pour continuer à rouler l'Archevêque à la petite semaine . . . ou bien pour bâtir ta maison et refaire ton royaume que tout le monde t'a pris. Tu as un fils Charles avec ta petite reine. Qu'est-ce que tu vas lui laisser à ce garçon lorsque tu mourras? Ce tout petit morceau de France grignoté par les Anglais? Tu n'as pas honte? Lui aussi, il pourra dire quand il sera grand, Dieu ne s'est pas occupé de moi! Mais ce sera toi, Charles, qui ne te seras pas occupé de lui. C'est toi, Dieu, pour ton fils. C'est toi qui l'as en charge. Dieu t'a fait roi, Il t'a donné quelque chose de très lourd à porter. Ne te plains pas, c'est Sa meilleure façon de s'occuper d'un homme.

CHARLES (*gémit*). Mais je vous dis que j'ai peur de tout! . . .

JEANNE (*se rapproche*). Je vais t'apprendre Charles. Je vais te le donner, mon truc. D'abord — ne le répète à personne surtout — moi aussi, j'ai peur de tout. Tu sais pourquoi il n'a peur de rien Monsieur de La Trémouille?

CHARLES. Parce qu'il est fort.

JEANNE. Non. Parce qu'il est bête. Parce qu'il n'imagine jamais rien. Les sangliers non plus n'ont jamais peur, ni les taureaux. Pour moi, cela a été encore plus compliqué que pour toi de refaire ton royaume, de venir ici. Il a fallu que j'explique à mon père qui m'a battue, et qui a cru que je voulais devenir une ribaude à la traîne des soldats, et toutes proportions gardées, il cogne encore plus dur que les Anglais, tu sais, mon père! Il a fallu que je fasse pleurer ma mère, et cela aussi paraissait insurmontable, que je convainque le gros Beaudricourt qui criait tant qu'il pouvait et qui était plein de mauvaises pensées. . . . Tu crois que je n'ai pas eu peur? J'ai eu peur tout le temps.

CHARLES. Et comment as-tu fait?

JEANNE. Comme si je n'avais pas peur. Ce n'est pas plus difficile que cela, Charles. Tu n'as qu'à essayer, une fois. Tu dis: 'Bon, j'ai peur. Mais c'est mon affaire, ça ne regarde personne. Continuons.' Et tu continues. Et si tu vois quelque chose qui te paraît insurmontable, devant toi. . . .

CHARLES. La Trémouille en train de gueuler. . . .

JEANNE. Si tu veux. Ou les Anglais bien solides devant Orléans dans leurs bonnes grosses bastilles. Tu dis: 'Bon, ils sont plus nombreux, ils ont de gros murs, des canons, de grosses réserves de flèches, ils sont toujours les plus forts. Soit. J'ai peur. Un bon coup. Là. Voilà. Maintenant que j'ai eu bien peur, allons-y!' Et les autres sont si étonnés que tu n'aies pas peur que, du coup, ils se mettent à avoir peur, eux, et tu passes! Tu passes, parce que comme tu es plus intelligent, que tu as plus d'imagination, toi, tu as eu peur *avant*. Voilà tout le secret.

CHARLES. Mais tout de même, s'ils sont plus forts!

JEANNE. Cela ne sert pas à grand-chose d'être les plus forts. Moi, une fois, j'ai vu un garçon de mon village, un petit braconnier, il était poursuivi par deux molosses sur les terres du seigneur. Il s'est arrêté, il les a attendus, et il les a étranglés, l'un après l'autre.

CHARLES. Et il n'a pas été mordu?

JEANNE. Pour ça, il a été mordu! Il n'y a pas de miracle. Mais il les a étranglés tout de même. Et Dieu avait pourtant fait les deux molosses beaucoup plus forts que mon petit braconnier. Seulement, Il a donné autre chose à l'homme qui le rend plus fort que les brutes. C'est pour ça que mon petit braconnier s'est arrêté de courir, qu'il a vidé toute sa peur d'un coup et qu'il s'est dit: 'Bon. Maintenant, j'ai eu assez peur. Je m'arrête et je les étrangle.'

CHARLES. C'est tout?

JEANNE. C'est tout.

CHARLES (un peu déçu). Ce n'est pas sorcier.

JEANNE (sourit). Non. Ce n'est pas sorcier. Mais ça suffit. Dieu ne demande rien d'extraordinaire aux hommes. Seulement d'avoir confiance en cette petite part d'eux-mêmes, qui est Lui. Seulement de prendre un peu de hauteur. Après Il se charge du reste.

CHARLES (rêveur). Et c'est un truc qui réussit toujours, tu crois?

JEANNE. Toujours. Bien sûr, il faut être avisé aussi, mais cela tu ne l'es que trop! Mon petit braconnier, il a saisi le moment où les deux molosses s'étaient séparés l'un de l'autre à cause d'un lièvre pour pouvoir les expédier un par un. Mais surtout, c'est parce qu'à la minute où tu vides toute ta peur, et où tu t'arrêtes tout de même et que tu fais face, Dieu vient à toi.

Elle ajoute:

Seulement, tu sais comme Il est. Il veut qu'on fasse le premier pas.

CHARLES (après un silence). Tu crois qu'on l'essaye, ton truc?

JEANNE. Bien sûr qu'on l'essaye. Il faut toujours essayer.

CHARLES (effrayé soudain de son audace). Demain, que j'aie le temps de me préparer. . . .

JEANNE. Non. Tout de suite. Tu es fin prêt.

CHARLES. On appelle l'Archevêque et La Trémouille et on leur dit que je te confie le commandement de l'armée pour voir leur tête?

JEANNE. On les appelle.

93

CHARLES. J'ai peur, je crève de peur en ce moment.

JEANNE. Alors, le plus dur est fait. Ce qu'il ne faut pas, c'est qu'il te reste de la peur quand ils seront là. Tu as bien peur, tant que tu peux?

CHARLES (*qui se tient le ventre*). Je te crois.

JEANNE. Alors ça va. Tu as une énorme avance sur eux. Quand eux, ils vont se mettre à avoir peur, toi tu auras déjà fini. Le tout, c'est d'avoir peur le premier, et avant la bataille. Tu vas voir. Je les appelle.

> *Elle va appeler au fond.*

Monseigneur l'Archevêque, Monsieur de La Trémouille! Monseigneur le Dauphin désire vous parler.

CHARLES (*crie, piétinant sur place, pris de panique*). Ah! ce que j'ai peur! Ah! ce que j'ai peur!

JEANNE. Vas-y Charles, de toutes tes forces!

CHARLES (*qui claque des dents*). Je ne peux pas plus fort!

JEANNE. Alors, c'est gagné. Dieu te regarde, Il sourit et Il se dit: 'Tout de même, ce petit Charles, il a peur et il les appelle.' Dans huit jours nous tenons Orléans, fiston!

> *Entrent* L'ARCHEVÊQUE *et* LA TRÉMOUILLE *surpris.*

L'ARCHEVÊQUE. Vous nous avez fait appeler, Altesse?

> CHARLES (*soudain, après un dernier regard à* JEANNE).

Oui. J'ai pris une décision, Monseigneur. Une décision qui vous concerne aussi, Monsieur de La Trémouille. Je donne le commandement de mon armée royale à la Pucelle ici présente.

> *Il se met à crier soudain.*

Si vous n'êtes pas d'accord, Monsieur de La Trémouille, je vous prie de me rendre votre épée. Vous êtes arrêté!

> LA TRÉMOUILLE *et* L'ARCHEVÊQUE *s'arrêtent, pétrifiés.*

JEANNE (*battant des mains*). Bravo, petit Charles! Tu vois comme c'était simple! Regarde leurs têtes! . . . Non, mais regarde leurs têtes! . . . Ils meurent de peur!

> *Elle éclate de rire,* CHARLES *est pris de fou rire aussi, ils se tapent sur les cuisses tous deux, ne pouvant plus s'arrêter, devant* L'ARCHEVÊQUE *et* LA TRÉMOUILLE *changés en statues de sel.*

JEANNE (*tombe soudain à genoux, criant*). Merci, mon Dieu!

CHARLES (*leur crie, s'agenouillant aussi*). A genoux, Monsieur de La Trémouille, à genoux! Et vous Archevêque, donnez-nous votre bénédiction, et plus vite que ça! Nous n'avons plus une minute à perdre! . . . Maintenant que nous avons eu tous bien peur, il faut que nous filions à Orléans!

LA TRÉMOUILLE *s'est agenouillé, abruti, sous le coup.*

L'ARCHEVÊQUE, *ahuri, leur donne machinalement sa bénédiction.*[1]

WARWICK (*éclate de rire au fond et s'avance avec* CAUCHON). Évidemment, dans la réalité cela ne s'est pas exactement passé comme ça. Il y a eu Conseil, on a longuement discuté le pour et le contre et décidé finalement de se servir de Jeanne comme d'une sorte de porte-drapeau pour répondre au vœu populaire. Une gentille petite mascotte, en somme, bien faite pour séduire les gens simples et les décider à se faire tuer. Nous, nous avions beau donner avant chaque assaut, triple ration de gin, à nos hommes, cela ne leur faisait pas du tout le même effet. Et nous avons commencé à être battus de ce jour-là, contre toutes les lois de la stratégie. On a dit qu'il n'y avait pas de miracle de Jeanne, qu'autour d'Orléans notre réseau de bastilles isolées était absurde et qu'il suffisait d'attaquer — comme elle aurait simplement décidé l'état-major armagnac à le faire. C'est faux. Sir John Talbot n'était pas un imbécile, et il connaissait son métier, il l'a prouvé avant cette malheureuse affaire et depuis. Son réseau fortifié était théoriquement inattaquable. Non, ce qu'il y a eu en plus — ayons l'élégance d'en convenir — c'est l'impondérable. Dieu si vous y tenez, Seigneur Évêque — ce que les états-majors ne prévoient jamais. . . . C'est cette petite alouette chantant dans le ciel de France, au-dessus de la tête de leurs

[1] Les nécessités de la représentation ont obligé le metteur en scène, à Paris, à faire ici un entracte. Le rideau tombe sur le tableau vivant de la bénédiction; quand il se relève sur la seconde partie de la pièce, l'Archevêque est toujours en train de bénir Charles et Jeanne, mais tous les autres acteurs sont revenus sur scène autour d'eux et Warwick enchaîne.

fantassins. . . . Personnellement, Monseigneur, j'aime beaucoup la France. C'est pourquoi je ne me consolerais jamais, si nous la perdions. Ces deux notes claires, ce chant joyeux et absurde d'une petite alouette immobile dans le soleil pendant qu'on lui tire dessus, c'est tout elle.

Il ajoute:

Enfin ce qu'elle a de mieux en elle. . . . Car elle a aussi sa bonne mesure d'imbéciles, d'incapables et de crapules; mais de temps en temps, il y a une alouette dans son ciel qui les efface. J'aime bien la France.

CAUCHON (*doucement*). Pourtant, vous lui tirez dessus. . . .

WARWICK. L'homme est fait de contradictions, Seigneur Évêque. Il est très fréquent de tuer ce qu'on aime. J'adore les bêtes aussi, et je suis chasseur.

Il se lève soudain, dur. D'un coup de stick sur ses bottes, il fait signe à deux soldats qui s'avancent.

Allez! la petite alouette est prise. Le piège de Compiègne s'est refermé. La page éclatante est jouée. Charles et sa cour vont abandonner, sans un regard, la petite mascotte qui ne semble plus leur porter bonheur et revenir à la bonne vieille politique. . . .

En effet, CHARLES, LA TRÉMOUILLE *et* L'ARCH-VÊQUE *se sont levés sournois et se sont éloignés de* JEANNE *qui prie toujours à genoux.*

Elle s'est dressée étonnée d'être seule et de voir CHARLES *s'éloigner, l'air faux. Le garde l'entraîne.*

CAUCHON (*lui crie, soulignant le jeu de scène*). Ton roi t'abandonne, Jeanne! Pourquoi t'obstiner à le défendre? On t'a lu hier la lettre qu'il a envoyée à toutes ses bonnes villes, te désavouant.

JEANNE (*après un silence, doucement*). C'est mon roi.

CHARLES (*bas, à* L'ARCHEVÊQUE). Ils n'ont pas fini de nous la reprocher, cette lettre!

L'ARCHEVÊQUE (*bas*). Nécessaire, Sire, elle était nécessaire. Dans les conjonctures présentes la cause de la France ne pouvait plus, en aucune façon, être liée à celle de Jeanne.

CAUCHON. Jeanne écoute-moi bien et essaie de me comprendre. Ton roi n'est point notre roi. Un traité en bonne et due forme fait de notre Sire Henri VI de Lancastre le roi de France et d'Angleterre. Ce procès n'est pas placé sur le plan politique. . . . Nous essayons simplement en ce moment, de toutes nos forces, de toute notre bonne foi, de ramener une brebis égarée dans le sein de notre Sainte Mère l'Église. Mais, tout de même, nous sommes des hommes, Jeanne, nous nous considérons comme les féaux sujets de Sa Majesté Henri et notre amour de la France — qui est aussi grand, aussi sincère que le tien — nous l'a fait reconnaître comme son suzerain, pour qu'elle se relève de ses ruines, panse ses blessures et sorte enfin de cette épouvantable, de cette interminable guerre qui l'a saignée. . . . La résistance vaine du clan armagnac, les ambitions ridicules de celui que tu appelles ton roi, à un trône qui n'est pas le sien, sont, pour nous, acte de rébellion et de terrorisme, contre une paix qui était presque assurée. Le fantoche que tu as servi n'est pas notre maître, comprends-le bien.

JEANNE. Dites toujours, vous n'y pouvez rien. C'est le roi que Dieu vous a donné. Tout maigrichon qu'il est, le pauvre, avec ses longues jambes et ses vilains gros genoux.

CHARLES (*bas, à* L'ARCHEVÊQUE). Tout cela est très désagréable pour moi en fin de compte. . . .

L'ARCHEVÊQUE (*l'entraînant même jeu*). Patience, Sire, ils vont expédier le procès et la brûler, et après nous serons tranquilles. D'ailleurs, convenez qu'ils nous ont plutôt rendu service, les Anglais, en se chargeant de l'arrêter et de la mettre à mort. Si ce n'avait pas été eux, il aurait fallu que ce soit nous qui le fassions un jour ou l'autre. Elle devenait impossible!

Ils sont sortis. Ils reviendront plus tard se mêler à la foule sans qu'on s'en aperçoive.

CAUCHON (*reprend*). Tu n'es pourtant pas sotte, Jeanne. Maintes de tes insolentes réponses nous l'ont prouvé. Mets-toi un instant à notre place. Comment veux-tu qu'en tant qu'hommes, au plus profond de notre conviction humaine, nous admettions que c'est Dieu qui t'a envoyée contre la cause que nous défendons? Comment veux-tu que nous admettions, uniquement parce que tu nous assures avoir entendu des voix que Dieu s'est mis contre nous?

JEANNE. Vous le verrez bien quand nous vous aurons tout à fait battus!

CAUCHON (*hausse les épaules*). Tu me réponds comme une petite fille butée, volontairement. Si nous considérons maintenant la question en tant que prêtres, en tant que défenseurs de notre Sainte Mère l'Église, quelles meilleures raisons avons-nous d'ajouter foi à ce que tu dis? Crois-tu être la première à avoir entendu des voix?

JEANNE (*doucement*). Non, sans doute.

CAUCHON. Ni la première ni la dernière, Jeanne. Maintenant crois-tu que si chaque fois qu'une petite fille dans son village est venue dire à son curé: j'ai vu telle sainte ou la vierge Marie, j'ai entendu des voix qui m'ont dit de faire telle ou telle chose, son curé l'avait crue et laissé faire, l'Église serait encore debout?

JEANNE. Je ne sais pas.

CAUCHON. Tu ne sais pas mais tu es pleine de bon sens, c'est pourquoi je m'efforce de t'amener à raisonner avec moi. Tu as été chef de guerre, Jeanne?

JEANNE (*se redresse, fière*). Oui, j'ai commandé à des centaines de bons garçons qui me suivaient et me croyaient!

CAUCHON. Tu as commandé. Si le matin d'une attaque, un de tes soldats avait entendu des voix lui persuadant d'attaquer par une autre porte que celle que tu avais choisie ou de ne pas attaquer du tout, qu'aurais-tu fait?

JEANNE (*reste interdite un moment, puis soudain elle éclate de rire*). Seigneur Évêque, on voit bien que vous êtes prêtre! Que vous ne les avez jamais vus de près nos troufions! Ils cognent dur, ils boivent sec, oui, mais pour ce qui est d'entendre des voix. ..

CAUCHON. Une plaisanterie n'a jamais été une réponse, Jeanne. . . . Mais ta réponse à ma question tu l'as faite avant de parler, pendant la seconde où tu t'es tue, désemparée. Hé bien, l'Église militante est une armée sur cette terre encore grouillante d'infidèles et de forces du mal. Elle doit obéissance à notre Saint Père le Pape et à ses évêques, comme on te devait obéissance à toi et à tes lieutenants. Et le soldat qui le matin de l'attaque vient dire qu'il a entendu des voix qui lui conseillaient de ne pas attaquer, dans toutes les armées du monde — y compris la tienne — on le fait taire. Et beaucoup plus brutalement que nous essayons de te raisonner.

JEANNE (*pelotonnée sur elle-même, sur la défensive*). Cognez dur, c'est votre droit. Moi, mon droit est de continuer à croire et de vous dire non.

CAUCHON. Ne t'enferme pas dans ton orgueil, Jeanne. Tu comprends bien que ni en tant qu'hommes ni en tant que prêtres, nous n'avons aucune raison valable de croire à l'origine divine de ta mission. Toi seule as une raison d'y croire — poussée sans doute par le démon qui veut te perdre — et, bien entendu, dans la mesure où cela leur a été utile, ceux qui se sont servis de toi. Encore que les plus intelligents d'entre eux, leur auttitude devant ta capture et leur désaveu formel le prouvent, n'y aient jamais cru. Personne ne croit plus à toi, Jeanne, hormis le menu peuple, qui croit tout, qui en croira une autre demain. Tu es toute seule.

JEANNE *ne répond pas, assise toute petite au milieu d'eux tous.*

Et ne va pas croire non plus que ton obstination à nous résister, que ta force de caractère soient le signe que Dieu te soutient. Le diable aussi a la peau dure — et l'intelligence. Il a été un des anges les plus intelligents avant de se révolter.

JEANNE (*après un silence*). Je ne suis pas intelligente, Messire. Je suis une pauvre fille de mon village, pareille aux autres. Mais quand quelque chose est noir, je ne peux pas dire que c'est blanc, voilà tout.

Un silence encore.

LE PROMOTEUR (*surgit derrière elle, soudain*). A quel signe t'es-tu fait reconnaître de celui que tu appelles ton roi pour qu'il te confie son armée ?

JEANNE. Je vous ai dit qu'il n'y avait pas eu de signe.

LE PROMOTEUR. Tu lui as donné un morceau de ta mandragore pour le protéger?

JEANNE. Je ne sais pas ce que c'est qu'une mandragore.

LE PROMOTEUR. Philtre ou formule, ton secret a un nom et nous voulons le savoir. Qu'as-tu donné à ton prince à Chinon pour qu'il reprenne soudain courage? Cela a-t-il un nom hébreu? Le diable parle toutes les langues, mais il affectionne l'hébreu.

JEANNE (*sourit*). Non, Messire, cela a un nom français et vous venez vous-même de le dire. Je lui ai donné du courage, voilà tout.

CAUCHON. Et Dieu, ou enfin la puissance que tu crois être Dieu, n'est intervenu en rien, crois-tu?

JEANNE (*lumineuse*). Je crois que Dieu intervient tout le temps, Seigneur Évêque. Quand une fille dit deux mots de bon sens et qu'on l'écoute, c'est que Dieu est là. Dieu est économe; quand deux sous de bon sens suffisent, Il ne va pas faire la dépense d'un miracle.

LADVENU (*doucement*). Voilà une bonne et humble réponse, Monseigneur, et qui ne peut pas être retenue contre elle.

LE PROMOTEUR (*se dresse venimeux*). Voire! Tu ne crois donc pas aux miracles tels qu'ils nous sont enseignés dans les Livres Saints? Tu nies ce qu'a fait Notre-Seigneur Jésus aux Noces de Cana, tu nies qu'Il ait ressuscité Lazare?

JEANNE. Non, Messire. Notre-Seigneur a fait sûrement tout cela, puisque c'est écrit dans Ses Livres. Il a changé l'eau en vin comme Il avait créé l'eau et le vin; Il a renoué le fil de la vie de Lazare. Mais pour Lui, qui est le Maître de la vie et de la mort, ce ne devait rien être de plus extraordinaire que pour moi de filer une quenouille.

LE PROMOTEUR (*glapit*). Écoutez-la! Écoutez-la! Elle dit qu'il n'y a pas de miracles!

JEANNE. Si, Messire. Il me semble seulement que les vrais miracles, ça ne doit pas être ces tours de passe-passe ou de physique amusante. Les romanichels sur la place de mon village en faisaient aussi. . . . Les vrais miracles, ceux qui font sourire Dieu de plaisir dans le Ciel, ce doit être ceux que les hommes font tout seuls, avec le courage et l'intelligence qu'Il leur a donnés.

CAUCHON. Tu mesures la gravité de tes paroles, Jeanne? Tu es en train de nous dire tout tranquillement que le vrai miracle de Dieu sur cette terre, ce serait l'homme, pas autre chose. L'homme qui n'est que péché, erreur, maladresse, impuissance. . . .

JEANNE. Oui, mais force et courage aussi et clarté au moment où il est le plus vilain. Je les ai vus, moi, à la guerre. . . .

LADVENU. Monseigneur, Jeanne nous dit dans son langage maladroit des intuitions peut-être erronées mais sûrement naïves, de son cœur. . . . Sa pensée en tout cas ne peut pas être assez ferme pour se mouler dans notre dialectique. Peut-être qu'en la pressant de questions, nous risquons de lui faire dire davantage ou autre chose que ce qu'elle veut dire. . . .

CAUCHON. Frère Ladvenu, nous tâcherons d'apprécier la part de maladresse de ses réponses aussi honnêtement que possible. Mais notre devoir est de la questionner jusqu'au bout. Nous ne sommes pas tellement sûrs de n'avoir affaire *qu'à* Jeanne, ne l'oubliez pas. Ainsi Jeanne, tu excuses l'homme? Tu le crois l'un des plus grands miracles de Dieu, voire le seul?

JEANNE. Oui, Messire.

LE PROMOTEUR (*glapit, hors de lui*). Tu blasphèmes! L'homme est impureté, stupre, visions obscènes! L'homme se tord sur sa couche dans la nuit, en proie à toutes les obsessions de la bête. . . .

JEANNE. Oui, Messire. Et il pèche, il est ignoble. Et puis soudain, on ne sait pas pourquoi (il aimait tant vivre et jouir, ce pourceau), il se jette à la tête d'un cheval emballé, en sortant d'une maison de débauche, pour sauver un petit enfant inconnu et les os brisés, meurt tranquille, lui qui s'était donné tant de mal pour organiser sa nuit de plaisir. . . .

LE PROMOTEUR. Il meurt comme une bête dans le péché, damné, sans prêtre!

JEANNE. Non, Messire, tout luisant, tout propre, et Dieu l'attend en souriant. Car il a agi deux fois comme un homme, en faisant le mal et en faisant le bien. Et Dieu l'avait justement créé pour cette contradiction.

Un tumulte indigné de tous les prêtres lorsqu'elle dit cela. L'INQUISITEUR *les apaise d'un geste et se lève soudain.*

L'INQUISITEUR (*de sa voix calme*). Jeanne. Je t'ai laissé parler tout au long de ce procès sans presque jamais t'interroger. Je voulais te laisser venir. . . . Cela a été long. . . . Le Promoteur voyait partout le diable, l'Évêque voyait partout l'orgueil d'une petite fille enivrée de sa réussite; derrière ton obstination tranquille, derrière ton petit front têtu, j'attendais qu'autre chose se montre. . . . Et voici que tu viens maintenant. . . . Je représente ici la Sainte Inquisition dont je suis le vicaire pour la France. Monseigneur l'Évêque t'a dit tout à l'heure, très humainement, que ses sentiments d'homme qui l'attachent à la cause anglaise, qu'il croit juste, se confondaient cependant avec ses sentiments de prêtre et d'évêque, chargé de défendre les intérêts de notre Mère l'Église. Moi, j'arrive du fond de l'Espagne; c'est la première fois qu'on m'envoie ici. J'ignore le clan anglais et le clan armagnac de la même ignorance. Il m'est indifférent à moi, que ce soit ton prince ou Henri VI de Lancastre qui règne sur la France. . . . La discipline au sein de notre Mère l'Église qui rejette ses francs-tireurs — même bien intentionnés — et qui fait rentrer durement chacun dans le rang; je ne veux pas dire qu'elle me soit indifférente — mais enfin, c'est une besogne secondaire, un travail de gendarmerie — dont l'Inquisition laisse le soin aux évêques et aux curés. La Sainte Inquisition a autre chose de plus haut et de plus secret à défendre que l'intégrité temporelle de l'Église. Elle lutte dans l'invisible, secrètement, contre un ennemi qu'elle seule sait détecter, dont elle seule sait apprécier le danger. Il lui arrive parfois de s'armer contre un empereur, elle déploie d'autres fois le même apparat, la même vigilance, la même dureté contre un vieux savant

102

en apparence inoffensif, un petit pâtre perdu au fond d'un village de montagne, une jeune fille. Les princes de la terre éclatent de rire de lui voir se donner tant de mal, où il leur suffirait à eux, d'un bout de corde et de la signature d'un sergent au bas d'une sentence de mort. L'Inquisition laisse rire. . . . Elle sait reconnaître et ne pas sousestimer son ennemi, où qu'il se trouve. Et son ennemi n'est pas le diable, le diable fourchu pour enfants turbulents que Messire Promoteur voit partout. Son ennemi, son seul ennemi, tu viens, te dévoilant, de prononcer son nom: c'est l'homme. Debout Jeanne et réponds! C'est moi, maintenant, qui t'interroge.

JEANNE *s'est levée, tournée vers lui. Il demande d'une voix neutre:*

Tu es chrétienne?

JEANNE. Oui, Messire.

L'INQUISITEUR. Tu as été baptisée et toute petite tu as vécu à l'ombre de l'église qui touchait ta maison. Les cloches réglaient tes prières et tes travaux. Les émissaires que nous avons envoyés dans ton village ont tous recueilli le même bruit: tu étais une petite fille très pieuse. Quelquefois, au lieu de jouer et de courir avec les autres — et pourtant tu n'étais pas une petite fille triste, tu aimais bien jouer et courir — tu te faufilais dans l'église et tu y restais longtemps toute seule, à genoux; sans même prier, regardant le vitrail devant toi.

JEANNE. Oui, Messire. J'étais bien.

L'INQUISITEUR. Tu as eu une petite amie que tu aimais tendrement, une petite fille comme toi, nommée Haumette.

JEANNE. Oui, Messire.

L'INQUISITEUR. Tu devais l'aimer fort. Car, lorsque tu as décidé de partir pour Vaucouleurs, sachant déjà que tu ne reviendrais jamais, tu as été dire adieu à toutes tes autres compagnes et chez elle tu n'es pas passée.

JEANNE. Non. J'avais peur d'avoir trop de peine.

L'INQUISITEUR. Cette tendresse pour la créature, tu ne l'as pas limitée à celle que tu préférais. Tu soignais les petits enfants pauvres, les malades, sans le dire, quelquefois tu faisais plusieurs lieues pour porter un bouillon à une misérable vieille abandonnée dans une cabane de la forêt. Plus tard, à la première rencontre à laquelle tu as participé, tu t'es mise à sangloter au milieu des blessés.

JEANNE. Je ne pouvais pas voir couler le sang français.

L'INQUISITEUR. Pas seulement le sang français. Une brute qui avait capturé deux Anglais dans une escarmouche, devant Orléans, en a abattu un, qui n'avançait pas assez vite. Tu t'es jetée de ton cheval, en larmes, la tête de l'homme sur tes genoux, tu l'as consolé et aidé à mourir, essuyant le sang de sa bouche, l'appelant ton petit enfant et lui promettant le ciel.

JEANNE. Vous savez cela, Messire?

L'INQUISITEUR (*doucement*). La Sainte Inquisition sait tout, Jeanne. Elle a pesé le poids de ta tendresse humaine avant de m'envoyer te juger.

LADVENU (*se lève*). Messire Inquisiteur, je suis heureux de vous entendre rappeler tous ces détails qui jusqu'ici avaient été passés sous silence. Oui, tout ce que nous savons de Jeanne depuis sa petite enfance n'est qu'humilité, gentillesse, charité chrétienne.

L'INQUISITEUR (*se retourne vers lui, soudain durci*). Silence, Frère Ladvenu! Encore une fois. Maintenant, c'est moi qui interroge. Je vous prie de ne pas oublier que je représente ici la Sainte Inquisition, seule qualifiée pour distinguer entre la charité, vertu théologale, et l'ignoble, le répugnant, le trouble breuvage du lait de la tendresse humaine. . . .

Il les regarde tous.

Ah, mes maîtres! . . . comme vous êtes prompts à vous attendrir! Que l'accusée soit une petite fille; avec de grands yeux bien clairs ouverts sur vous, deux sous de bon cœur et d'ingénuité et vous voilà prêts à l'absoudre — bouleversés. Les bons défenseurs de la foi que voilà! Je vois que la Sainte Inquisition a du pain, encore, sur la planche et qu'il faudra tailler, tailler, toujours tailler et que d'autres taillent encore lorsque nous ne serons plus, abattant sans pitié, éclaircissant les rangs, pour que la forêt reste saine. . . .

Il y a un petit silence et LADVENU *répond.*

LADVENU. Notre-Seigneur a aimé de cet amour-là, Messire. Il a dit: 'Laissez venir à moi les petits enfants.' Il a mis sa main sur l'épaule de la femme adultère et il lui a dit: 'Va en paix.'

L'INQUISITEUR (*tonne*). Silence, Frère Ladvenu, vous dis-je! Ou il faudra que je m'occupe aussi de votre cas. Nous faisons lire des passages de l'Évangile au prône; nous demandons à nos curés de l'expliquer. L'avons-nous traduit en langue vulgaire? L'avons-nous mis entre toutes les mains? Ne serait-ce pas un crime de laisser les âmes simples rêver et broder sur ces textes, que nous seuls devons interpréter?

Il se calme.

Vous êtes jeune, je veux le croire, Frère Ladvenu, et généreux — donc. Mais n'allez pas imaginer que jeunesse et générosité trouvent grâce devant les défenseurs de la foi. Ce sont des maladies passagères, dont l'expérience vous guérira. On aurait simplement dû considérer votre âge, au lieu de votre savoir — qui est paraît-il très grand — avant de vous admettre parmi nous. L'expérience vous apprendra bientôt que jeunesse, générosité, tendresse humaine sont des noms d'ennemis. En tout cas, je vous le souhaite. Apprenez que dans les textes dont vous parlez, si nous faisions l'imprudence de les leur confier, les simples puiseraient l'amour de l'homme. Et qui aime l'homme, n'aime pas Dieu.

LADVENU (*doucement*). Il a voulu se faire homme, pourtant. . . .

L'INQUISITEUR (*se retourne soudain vers* CAUCHON, *coupant*). Seigneur Évêque, en vertu de votre pouvoir discrétionnaire de président de ces débats, je vous demande de vous priver pour aujourd'hui de la collaboration de de votre jeune assesseur. J'aviserai, après cette séance, des conclusions à déposer contre lui, s'il y a lieu.

Il tonne soudain.

Contre lui ou contre quiconque! Il n'y a pas de têtes trop hautes pour nous, vous le savez. Je déposerais contre moi-même, si Dieu me laissait m'égarer.

Il se signe gravement et conclut.

Qu'il m'en garde!

Un vent de peur a soufflé sur le tribunal. CAUCHON *dit simplement avec un geste navré à* FRÈRE LADVENU.

CAUCHON. Sortez, Frère Ladvenu.

LADVENU (*avant de s'éloigner*). Messire Inquisiteur, je vous dois obéissance, ainsi qu'à mon Révérend Seigneur Évêque. Je sors. Je me tais. Je prie seulement Notre-Seigneur Jésus quand vous serez seul en face de Lui, de vous amener à considérer la fragilité de votre petit ennemi. . . .

L'INQUISITEUR, *ne répond pas, le laisse sortir et doucement, quand il est sorti.* Plus notre ennemi est petit et fragile, plus il est tendre, plus il est pur, plus il est innocent, plus il est redoutable. . . .

Il se retourne vers JEANNE *et reprend de sa voix neutre.*

La première fois que tu as entendu tes Voix, tu n'avais pas quinze ans. Au début, elles t'ont seulement dit: 'Sois bonne et sage et va souvent à l'Église. . . .'?

JEANNE. Oui, Messire.

L'INQUISITEUR (*sourit, ambigu*). Jusqu'ici — je vais te choquer — il n'y avait rien de très exceptionnel dans ton cas. Messire Cauchon te l'a dit: nos archives sont pleines des rapports de nos curés disant que, dans leur village, il y a une petite fille qui entend des voix. Nous laissons faire. La petite fille fait tranquillement sa petite crise de mysticisme, avec ses maladies d'enfant. Si la crise se prolonge au-delà de sa puberté, elle se fait généralement religieuse et nous la signalons simplement à son couvent pour qu'on limite son temps de méditation et de prière et qu'on l'accable de travaux grossiers — la fatigue est un bon remède. Et tout cela finit par s'éteindre et se noyer tranquillement dans les eaux de vaisselle. . . .

D'autres fois la crise tourne court, la fille se marie, et au deuxième moutard pendu, hurlant, à ses jupes, nous

106

sommes tranquilles sur les voix qu'elle entendra — dorénavant. . . . Toi, tu as continué. Et un beau jour tes Voix t'ont dit autre chose. Quelque chose de précis, d'insolite, pour des voix célestes.

JEANNE. D'aller sauver le royaume de France et d'en chasser les Anglais.

L'INQUISITEUR. Avais-tu souffert de la guerre à Domrémy?

JEANNE. Non. Rien n'a été brûlé, jamais, chez nous. Une fois les godons sont venus tout près; nous avons tous quitté le village. Quand nous sommes revenus, le lendemain, tout était intact, ils étaient passés plus loin.

L'INQUISITEUR. Ton père était riche. Les travaux des champs ne te rebutaient pas. . . .

JEANNE. J'aimais bien garder mes moutons. Mais je n'étais pas une bergère comme vous le dites tous.

Elle se redresse, naïvement orgueilleuse.

J'étais la jeune fille de la maison. Pour coudre et pour filer, il n'est femme de Rouen qui saurait m'en remontrer.

L'INQUISITEUR (*sourit à cette vanité enfantine*). Tu étais donc une petite fille aisée et heureuse. Et les malheurs de la France pour toi, ce n'était que des récits de veillées. Un jour, pourtant, tu as senti qu'il fallait que tu partes.

JEANNE. Mes Voix me le disaient.

L'INQUISITEUR. Un jour, tu as senti qu'il fallait que tu te charges de ce malheur des autres hommes autour de toi. Et tu savais déjà tout: que ta chevauchée serait glorieuse et courte et que ton roi sacré, tu te retrouverais où tu es en ce moment, traquée parmi nous, au pied de ce bûcher qui t'attend prêt à être allumé sur la Place du Marché. Ne mens pas, Jeanne, tu le savais.

JEANNE. Mes Voix m'ont dit que je serais prise et qu'après je serais délivrée.

L'INQUISITEUR (*sourit*). Délivrée! C'est un terme pour voix célestes, ça! Tu t'es bien doutée, n'est-ce pas, ce que 'délivrée' pouvait vouloir dire, pour elles, de très vague et de très éthéré? La mort, bien sûr, délivre. Et tu es partie tout de même, malgré ton père et ta mère, malgré tous les obstacles devant toi.

107

JEANNE. Oui, Messire, il le fallait. Eussé-je eu cent pères et cent mères et quand j'aurais dû user mes pieds jusqu'aux genoux, je serais partie.

L'INQUISITEUR. Pour aider tes frères, les hommes, dans leur œuvre la plus strictement humaine, la possession du sol où ils sont nés et qu'ils s'imaginent leur appartenir.

JEANNE. Notre-Seigneur ne pouvait pas vouloir que les Anglais pillent, tuent et fassent la loi chez nous. Quand ils auront repassé la mer, eux aussi seront des enfants de Dieu — chez eux! Et moi, je n'irai pas leur chercher noise.

LE PROMOTEUR. Présomption! Orgueil! Tu crois que tu n'aurais pas mieux fait de continuer à coudre et à filer chez ta mère?

JEANNE. J'avais autre chose à faire, Messire. Pour ce qui est des œuvres de femmes, il y aura toujours bien d'autres femmes pour les faire.

L'INQUISITEUR. Puisque tu étais en relations directes avec le ciel, en somme, de là à imaginer que tes prières étaient particulièrement écoutées là-haut, il n'y avait qu'un pas. L'idée toute simple ne t'est pas venue, plus conforme à ta condition de fille de consacrer une vie de prières et de pénitence à obtenir du ciel qu'il chasse les Anglais?

JEANNE. Dieu veut qu'on cogne d'abord, Messire! La prière, c'est en plus. J'ai préféré expliquer à Charles comment il fallait attaquer, c'était plus simple, et il m'a crue et le gentil Dunois m'a crue aussi. Et La Hire et Xaintrailles, mes bons taureaux furieux! . . . Ah! nous avons eu quelques joyeuses batailles tous ensemble. . . . On était bien, dans le petit matin, entre bons amis, botte à botte. . . .

LE PROMOTEUR (*fielleux*). Pour tuer, Jeanne! . . . Notre-Seigneur a-t-il dit de tuer?

JEANNE *ne répond pas.*

CAUCHON (*doucement*). Tu as aimé la guerre, Jeanne. . . .

JEANNE (*simplement*). Oui. Ce doit être un des péchés dont il faudra que Dieu m'absolve. Le soir, je pleurais sur le champ de bataille, de voir que cette joyeuse fête du matin avait fait tant de pauvres morts.

108

LE PROMOTEUR. Et le lendemain, tu recommençais?

JEANNE. Dieu le voulait. Tant qu'il resterait un Anglais en France. Ce n'est pourtant pas difficile à comprendre. Il y avait le travail à faire d'abord, voilà tout. Vous êtes savants, vous pensez trop. Vous ne pouvez plus comprendre les choses simples, mais le plus bête de mes soldats comprenait, lui. Pas vrai La Hire?

    LA HIRE surgit soudain, de la foule énorme, caparaçonné de fer, joyeux, terrible.

LA HIRE. Bien sûr, Madame Jeanne!

    Tout le monde se trouve plongé dans l'ombre, lui seul est éclairé. On entend au loin une vague musique de fifres. JEANNE va doucement à lui, incrédule, elle le touche du doigt et murmure.

JEANNE. La Hire. . . .

LA HIRE (*reprenant la plaisanterie de chaque matin*). Alors, Madame Jeanne, on a fait notre petite prière, comme convenu, est-ce qu'on va cogner un peu ce matin?

JEANNE (*se jette dans ses bras*). Bon La Hire! Mon gros La Hire! C'est toi! Ah, tu sens bon!

LA HIRE (*gêné*). Un petit coup de rouge et un oignon. C'est mon menu, le matin. Faites excuse, Madame Jeanne, je sais que vous n'aimez pas ça, mais j'ai fait ma prière avant pour que le bon Dieu ne me sente pas pendant que je lui parlais. . . . Ne vous approchez pas trop, je dois puer.

JEANNE (*serrée contre lui*). Non. Tu sens bon!

LA HIRE. M'accablez pas, Madame Jeanne. D'habitude, vous dites que je pue, que c'en est une honte, pour un chrétien. D'habitude, vous dites que si le vent porte par là, je vais nous faire repérer des godons tellement je pue et qu'on va rater notre embuscade, à cause de moi. . . . Un tout petit oignon et deux doigts de rouge, pas plus. Ça, il faut être franc, j'ai pas mis d'eau.

JEANNE (*serrée contre lui*). Bon La Hire! J'étais bête, je ne savais pas. Tu sais, les filles, il ne leur est jamais rien arrivé, ça a des idées toutes faites, ça tranche de tout et ça ne sait rien. Je sais maintenant. Tu sens bon, La Hire, tu sens la bête: tu sens l'homme.

LA HIRE (*a un geste modeste*). C'est la guerre. Un capitaine, c'est pas comme un curé ou un petit freluquet de la cour; ça transpire. . . . Et pour se laver en campagne. . . . Ceux qui se lavent, c'est pas des hommes! . . . L'oignon, je dis pas. . . . C'est en plus. Je pourrais me contenter d'un morceau de saucisson à l'ail le matin comme tout le monde. C'est plus distingué comme odeur. Enfin, c'est tout de même pas un péché, l'oignon?

JEANNE (*sourit*). Non, La Hire.

LA HIRE. Avec vous, on ne sait plus. . . .

JEANNE. Rien n'est péché, La Hire, de ce qui est vrai! J'étais une bête, je t'ai trop tourmenté; je ne savais pas. Mon gros ours, tu sens bon la sueur chaude, l'oignon cru, le vin rouge, toutes les bonnes odeurs innocentes des hommes. Mon gros ours, tu tues, tu jures, tu ne penses qu'aux filles.

LA HIRE (*au comble de l'étonnement*). Moi?

JEANNE. Toi. Oui. Fais l'étonné, pourceau. Et tu es pourtant comme un petit sou neuf dans la main de Dieu.

LA HIRE. C'est vrai, Madame Jeanne? Vous croyez qu'avec ma chienne de vie, j'ai tout de même une petite chance de paradis si je fais bien ma prière tous les jours, comme convenu?

JEANNE. On t'y attend, La Hire! Le paradis de Dieu, je sais maintenant qu'il est plein de brutes comme toi.

LA HIRE. C'est vrai? J'aimerais mieux, à tout prendre, qu'il y ait quelques copains. . . . J'ai toujours eu peur d'être gêné au début avec les saints et les évêques. . . . Faudrait parler. . . .

JEANNE (*lui saute dessus et le bourre joyeusement de coups de poing*). Gros ballot! Gros lourdaud! Grosse tourte! Mais c'est plein d'imbéciles le paradis! Notre-Seigneur l'a dit. Il n'y a peut-être même que ceux-là qui y entrent; les autres, ils ont tellement eu d'occasions de pécher avec leurs sales caboches, qu'ils sont tous obligés d'attendre à la porte. C'est rien que des copains au paradis!

LA HIRE (*inquiet*). On ne va pas s'ennuyer tout de même entre nous, s'il faut être polis? On se battra tout de même un petit peu?

JEANNE. Toute la journée! . . .

LA HIRE (*respectueusement*). Minute! Quand le bon Dieu nous verra pas.

JEANNE. Mais il vous verra tout le temps, ballot! Il voit tout. Et Il rigolera de vous voir faire. Il te criera: 'Vas-y, La Hire! Entre-lui dans le chou à Xaintrailles! Tanne-lui le lard! Montre-lui que t'es un homme! . . .

LA HIRE. Comme ça!

JEANNE. En plus distingué, bien sûr.

LA HIRE (*au comble de l'enthousiasme*). Ah, nom de Dieu!

JEANNE (*lui crie sévère, soudain*). La Hire!

LA HIRE (*baisse la tête*). Pardon.

JEANNE (*impitoyable*). Si tu jures, Il te fout dehors.

LA HIRE (*balbutie*). C'était de plaisir. C'était pour Lui dire merci.

JEANNE (*a un sourire*). Il s'en est douté. Mais ne recommence pas ou c'est à moi que tu auras affaire! Allez, assez parlé ce matin. A cheval, maintenant, mon gars. A cheval!

Ils enfourchent des chevaux imaginaires.

Ils sont à cheval l'un à côté de l'autre, bercés par le mouvement de leurs montures.

JEANNE. On est bien à cheval dans le petit matin, La Hire, avec un copain. . . . Tu sens l'herbe mouillée. C'est ça la guerre. C'est pour ça que les hommes se battent. Pour sentir la vraie odeur de l'herbe mouillée du matin, botte à botte avec un copain.

LA HIRE. Remarquez qu'il y en a qui se contentent de faire une petite promenade. . . .

JEANNE. Oui, mais ceux-là ne sentent pas la vraie odeur de l'aube, la vrai chaleur du copain contre leur cuisse. . . Il faut la mort au bout, mon petit père pour que le bon Dieu vous donne tout ça. . . .

Un silence, ils avancent dans la campagne bercés par leurs chevaux.

LA HIRE (*demande*). Et si on rencontre des godons, des godons qui les aimeraient aussi les bonnes odeurs?

JEANNE (*joyeusement*). On fonce! C'est-y que t'aurais peur mon gars?

111

LA HIRE. Moi!

JEANNE. On fonce dedans, mon petit pote, et on cogne dur. On est là pour ça!

Un petit silence et LA HIRE *demande encore.*

LA HIRE. Mais alors, Madame Jeanne, si c'est vrai ce que vous avez dit, ceux qu'on expédie, ils vont tout droit au paradis: il y a pas plus couillon que des Anglais. . . .

JEANNE. Bien sûr qu'ils y vont! Qu'est-ce que tu crois?

Elle crie soudain.

Arrête!

Ils s'arrêtent.

Voilà trois godons là-bas. Ils nous ont vus. Ils se sauvent! Non! Ils se sont retournés, ils ont compté qu'on était que deux. Ils foncent. T'as pas peur La Hire? Moi, je compte pas, je suis qu'une fille et j'ai même pas d'épée. T'y vas-t-y quand même?

LA HIRE (*brandissant son épée avec un rugissement joyeux*). Foutre oui, nom de Dieu! . . .

Il crie au ciel en chargeant.

J'ai rien dit, mon Dieu, j'ai rien dit! Faites pas attention. . .

Il se jette au milieu du tribunal, caracolant, chargeant, les dispersant à grands coups d'épée. Il disparaît au fond, se battant toujours. . . .

JEANNE (*à genoux*). Il a rien dit, mon Dieu. Il a rien dit! Il est bon comme le pain. Il est bon comme Xaintrailles. Il est bon comme chacun de mes soldats qui tue, qui viole, qui pille, qui jure. . . . Il est bon comme vos loups, mon Dieu, que vous avez faits innocents. . . . Je réponds d'eux tous!

Elle est abîmée dans sa prière. Le tribunal s'est reformé autour d'elle, la lumière est revenue. JEANNE *relève la tête, les voit, semble sortir d'un rêve et s'exclame.*

JEANNE. Mon La Hire! Mon Xaintrailles! Oh, le dernier mot n'est pas dit. Vous verrez qu'ils viendront me délivrer tous les deux avec trois ou quatre cents bonnes lances. . .

CAUCHON (*doucement*). Ils sont venus, Jeanne, jusqu'aux portes de Rouen pour savoir combien il y avait d'Anglais dans la ville, et puis ils sont repartis. . . .

112

JEANNE (*démontée*). Ah! ils sont repartis?... Sans se battre?

Un silence, elle se reprend.

Ils sont repartis chercher du renfort, bien sûr! C'est moi qui leur ai appris qu'il ne fallait pas attaquer n'importe comment, comme à Azincourt.

CAUCHON. Ils sont repartis vers le Midi, au sud de la Loire où Charles, las de la guerre, licencie ses armées et cherche à conclure un traité pour conserver au moins son petit bout de France. Ils ne reviendront jamais, Jeanne!

JEANNE. Ce n'est pas vrai! La Hire reviendra, même s'il n'a aucune chance!

CAUCHON. La Hire n'est qu'un chef de bande qui s'est vendu avec sa compagnie à un autre prince, quand il a su que le tien allait faire la paix. Il marche en ce moment vers l'Allemagne pour trouver un autre pays à piller — tout simplement.

JEANNE. Ce n'est pas vrai!

CAUCHON (*se lève*). T'ai-je jamais menti, Jeanne? C'est vrai. Alors, pourquoi te sacrifierais-tu pour défendre ceux qui t'abandonnent? Les seuls hommes au monde qui essaient encore de te sauver — si paradoxal que cela puisse paraître — c'est nous; tes anciens ennemis et tes juges. Abjure, Jeanne, tu ne résistes plus que pour ceux qui viennent de te trahir. Rentre dans le sein de ta Mère l'Église. Humilie-toi, elle te relèvera par la main. Je suis persuadé qu'au fond de ton cœur tu n'as pas cessé d'être une de ses filles.

JEANNE. Oui, je suis une fille de l'Église!

CAUCHON. Confie-toi à ta mère, Jeanne, sans restriction! Elle pèsera ta part d'erreur; te délivrant même de cette angoisse de la juger par toi-même; tu n'auras plus à penser à rien, tu feras ta punition — qu'elle soit lourde ou légère — et tu iras en paix, enfin! Tu dois affreusement avoir besoin de paix.

JEANNE (*après un silence*). Pour ce qui est de la foi, je m'en remets à l'Église. Mais pour ce qui est de ce que j'ai fait, je ne m'en dédirai jamais.

Mouvement des prêtres. L'INQUISITEUR *éclate.*

113

L'INQUISITEUR. Vous le voyez, mes maîtres, l'homme, relever la tête! Vous comprenez maintenant *qui* vous jugez? Ces voix célestes vous avaient assourdi aussi, ma parole! Vous vous obstiniez à chercher je ne sais quel diable embusqué derrière elles. . . . Je voudrais bien qu'il ne s'agisse que du diable! Son procès serait vite fait. Le diable est notre allié. Après tout, c'est un ancien ange, il est de chez nous. Avec ses blasphèmes, ses insultes, sa haine même de Dieu, il fait encore acte de foi. . . . L'homme, l'homme transparent et tranquille me fait mille fois plus peur. Regardez-le, enchaîné, désarmé, abandonné des siens et plus très sûr — n'est-ce pas Jeanne? — que ces voix qui se sont tues depuis si longtemps lui aient jamais vraiment parlé. S'écroule-t-il suppliant Dieu de le reprendre dans Sa main? Implore-t-il au moins que ses voix lui reviennent pour éclairer sa route? Non. Il se retourne, il fait face sous la torture, sous l'humiliation et les coups, dans cette misère de bête, sur la litière humide de son cachot; il lève les yeux vers cette image invaincue de lui-même. . . .

Il tonne.

. . . qui est son seul vrai Dieu! Voilà ce que je crains! Et il répond, répète, Jeanne — tu meurs d'envie de le redire: 'Pour ce qui est de ce que j'ai fait. . . .'

JEANNE (*doucement*). Je ne m'en dédirai jamais.

L'INQUISITEUR (*répète, tordu de haine*). 'Pour ce qui est de ce que j'ai fait, je ne m'en dédirai jamais! . . .' Les entendez-vous les mots, qu'ils ont tous dit sur les bûchers, les échafauds, au fond des chambres de torture, chaque fois que nous avons pu nous saisir d'eux? Les mots qu'ils rediront encore dans des siècles, avec la même impudence, car la chasse à l'homme ne sera jamais fermée. . . . Si puissants que nous devenions un jour, sous une forme ou sous une autre, si lourde que se fasse l'Idée sur le monde, si dures, si précises, si subtiles que soient son organisation et sa police; il y aura toujours un homme à chasser quelque part qui lui aura échappé, qu'on prendra enfin, qu'on tuera et qui humiliera encore une fois l'Idée au comble de sa puissance, simplement parce qu'il dira 'non' sans baisser les yeux.

Il siffle entre ses dents, haineux, regardant JEANNE.

L'insolente race!

Il se retourne vers le tribunal.

Avez-vous besoin de l'interroger encore? de lui demander pourquoi elle s'est jetée du haut de cette tour où elle était prisonnière pour fuir ou pour se détruire, contre les commandements de Dieu? Pourquoi elle a quitté son père et sa mère, mis cet habit d'homme qu'elle ne veut plus laisser, contre les commandements de l'Église? Elle vous fera la même réponse d'homme: 'Ce que j'ai fait, je l'ai fait. C'est à moi. Personne ne peut me le reprendre et je ne le renie pas. Tout ce que vous pouvez, c'est me tuer, me faire crier n'importe quoi sous la torture, mais me faire dire 'oui,' cela vous ne le pouvez pas.'

Il leur crie:

Hé bien, il faudra que nous apprenions, mes maîtres, d'une façon ou d'une autre, et si cher que cela coûte à l'humanité — à faire dire 'oui' à l'homme! Tant qu'il restera un homme qui ne sera pas brisé, l'Idée, même si elle domine et broie tout le reste du monde, sera en danger de périr. C'est pourquoi je réclame pour Jeanne l'excommunication, le rejet hors du sein de l'Église et sa remise au bras séculier pour qu'il la frappe.

Il ajoute neutre, récitant une formule.

. . . le priant toutefois de limiter sa sentence en deçà de la mort et de la mutilation des membres.

Il s'est retourné vers JEANNE.

Ce sera une piètre victoire contre toi, Jeanne, mais, enfin, tu te tairas. Et, jusqu'ici, nous n'avons pas trouvé mieux.

Il se rassied dans le silence.

CAUCHON (*doucement*). Messire l'Inquisiteur vient, le premier, de demander ton excommunication et ton supplice, Jeanne. Dans un instant, je crains que Messire le Promoteur ne demande la même chose. Chacun de nous dira son sentiment et il me faudra décider. Avant de couper et de jeter loin d'elle ce membre pourri que tu es, ta Mère l'Église, à qui la brebis égarée est plus chère que toutes les autres, ne l'oublie pas, va te conjurer une dernière fois.

Il fait un signe, un homme s'avance.

Connais-tu cet homme, Jeanne?

Elle se retourne, elle a un petit frisson d'effroi.

C'est le maître bourreau de Rouen. C'est à lui que tu vas appartenir tout à l'heure si tu ne veux pas nous remettre ton âme afin que nous la sauvions. Ton bûcher est-il prêt, Maître?

LE BOURREAU. Prêt, Monseigneur. Plus haut que le bûcher réglementaire, des ordres m'ont été donnés — pour qu'on voie bien la fille de partout. L'ennui, pour elle, c'est que je ne pourrai pas l'aider, elle sera trop haut.

CAUCHON. Qu'appelles-tu l'aider, Maître?

LE BOURREAU. Un tour de main du métier, Monseigneur, qui est de coutume quand il n'y a pas d'instructions spéciales. On laisse les premières flammes monter et puis, dans la fumée, je grimpe derrière, comme pour arranger les fagots, et j'étrangle. Il n'y a plus que la carcasse qui grille, c'est moins dur. Mais avec les instructions que j'ai reçues, c'est trop haut, je ne pourrai pas grimper.

Il ajoute simplement.

Alors, forcément, ça sera plus long.

CAUCHON. Tu as entendu, Jeanne?

JEANNE (*doucement*). Oui.

CAUCHON. Je vais te tendre une dernière fois la main, la grande main secourable de ta Mère qui veut te reprendre et te sauver. Mais tu n'auras pas plus long délai. Écoute ce grondement, c'est la foule qui t'attend déjà depuis l'aube. . . . Ils sont venus tôt pour avoir de bonnes places. Ils mangent leurs provisions en ce moment, grondent leurs enfants, se font des farces et demandent aux soldats si cela va bientôt commencer. Ils ne sont pas méchants. Ce sont les mêmes qui seraient venus t'acclamer à ton entrée solennelle si tu avais pris Rouen. Les choses ont tourné autrement, voilà tout, alors ils viennent te voir brûler. Eux à qui il n'arrive jamais rien, le triomphe ou la mort des grands de ce monde est leur spectacle. Il faut leur pardonner, Jeanne. Ils paient, toute leur vie, assez cher d'être le peuple, pour avoir ces petites distractions-là.

JEANNE (*doucement*). Je leur pardonne. Et à vous aussi, Messire.

LE PROMOTEUR (*se dresse, hurlant*). Orgueilleuse! Abominable orgueilleuse! Monseigneur te parle comme un père pour sauver ta misérable âme perdue et tu as le front de lui dire que tu lui pardonnes?

JEANNE. Monseigneur me parle doucement, mais je ne sais si c'est pour me sauver ou pour me vaincre. Et comme il sera obligé de me faire brûler tout de même tout à l'heure, je lui pardonne.

CAUCHON. Jeanne, essaie de comprendre qu'il y a quelque chose d'absurde dans ton refus. Tu n'es pas une infidèle? Le Dieu dont tu te réclames est le nôtre aussi. C'est nous précisément qu'Il a désignés pour te guider à travers Son apôtre Pierre qui a fondé Son Église. Dieu n'a pas dit à Sa créature: 'Tu t'adresseras directement à moi.' Il a dit: 'Tu es Pierre et sur cette pierre je bâtirai mon Église . . . et ses prêtres seront vos pasteurs. . . .' Tu ne nous crois pas des prêtres indignes, Jeanne?

JEANNE (*doucement*). Non.

CAUCHON. Alors, pourquoi ne veux-tu pas faire ce que Dieu a dit? Pourquoi ne veux-tu pas remettre ta faute à Son Église, comme tu le faisais, enfant, dans ton village? Tu n'as pas changé de foi?

JEANNE (*crie soudain angoissée*). Je veux m'en remettre à l'Église. Je veux la sainte communion! on me la refuse.

CAUCHON. Nous te la donnerons après ta confession et ta pénitence commencée; il faut seulement que tu nous dises 'oui.' Tu es courageuse, nous le savons tous, mais ta chair est tendre encore, tu dois avoir peur de mourir?

JEANNE (*doucement*). Oui. J'ai peur. Mais qu'est-ce que cela fait?

CAUCHON. Je t'estime assez, Jeanne, pour croire que cela ne serait pas suffisant pour te faire abjurer. Mais tu dois avoir une autre peur, plus grande encore; celle de t'être

117

trompée et de l'exposer par orgueil, par obstination, à la damnation éternelle. Or, qu'est-ce que tu risques, même si tes Voix viennent de Dieu, à faire acte de soumission aux prêtres de Son Église ? Si nous ne croyons pas à tes Voix et à leurs commandements et que nous t'infligions la punition que nous croirons raisonnable — admettons que Dieu t'ait vraiment parlé, par l'intermédiaire de Son Archange et de Ses Saintes — hé bien, c'est nous qui commettrons un monstrueux péché d'ignorance, de présomption et d'orgueil et qui le paierons tout au long de notre vie éternelle. Nous prenons ce risque pour toi, Jeanne, toi, tu n'en prends aucun. Dis-nous 'je m'en remets à vous,' dis-nous simplement 'oui' et toi tu es en paix, tu es blanche à coup sûr, tu ne risques plus rien.

JEANNE (*épuisée soudain*). Pourquoi me torturez-vous si doucement, Messire ? J'aimerais mieux que vous me battiez.

CAUCHON (*sourit*). Si je te battais, je donnerais une trop bonne excuse à ton orgueil qui ne demande qu'à te faire mourir. Je te raisonne parce que Dieu t'a faite pleine de bon sens et de raison. Je te supplie même, parce que je sais que tu es tendre. Je suis un vieil homme, Jeanne, je n'attends plus grand-chose de ce monde, et j'ai beaucoup tué, comme chacun de nous ici, pour défendre l'Église. C'est assez. Je suis las. Je ne voudrais pas, avant de mourir, avoir encore tué une petite fille. Aide-moi, toi aussi.

JEANNE (*le regarde désemparée après un silence*). Qu'est-ce qu'il faut que je réponde ?

CAUCHON (*s'approche*). Il faut d'abord que tu comprennes que proclamer que tu es sûre que Dieu t'envoyait ne peut plus être utile à rien ni à personne. C'est tout juste faire le jeu du bourreau et des Anglais. Ton roi même, en avisé politique, a manifesté par les lettres que nous t'avons lues qu'il ne voulait en aucune façon être redevable de sa couronne à une intervention divine dont tu aurais été l'instrument.

> JEANNE *se retourne vers* CHARLES, *angoissée. Celui-ci dit simplement.*

CHARLES. Mets-toi à ma place, Jeanne! S'il a fallu un miracle pour que je sois sacré roi de France, c'est qu'alors il n'était pas tout naturel que je le sois. C'est que je n'étais pas vraiment le fils de mon père, sinon mon sacre allait de soi. Tous les rois ont toujours été sacrés dans ma famille sans qu'on ait eu besoin d'un miracle. L'aide divine, c'est bien, mais c'est louche; pour quelqu'un dont la seule puissance est le bon droit. Et c'est d'autant plus louche quand elle s'arrête. . . . Depuis la malheureuse affaire de Paris, nous nous faisons battre à tous les coups; toi tu t'es fait prendre à Compiègne. Ils te mijotent un petit verdict qui va te proclamer sorcière, hérétique, envoyée du diable, à coup sûr. J'aime mieux laisser entendre que tu n'as jamais été envoyée par rien du tout. Comme cela, Dieu ne m'a ni aidé ni abandonné. J'ai gagné parce que j'étais le plus fort momentanément; je suis en train de me faire piler parce qu'en ce moment je suis le moins fort. Ça c'est de la politique, c'est sain! Tu comprends?

JEANNE (*doucement*). Oui. Je comprends.

CAUCHON. Je suis heureux de te voir enfin raisonnable. On t'a posé beaucoup de questions dans lesquelles tu t'es perdue. Je vais t'en poser trois, essentielles, réponds-moi 'oui' trois fois et nous serons tous sauvés ici, toi qui vas mourir et nous qui allons te faire mourir.

JEANNE (*doucement après un silence*). Posez toujours. Je verrai si je peux répondre.

CAUCHON. La première question est la seule importante. Si tu me réponds oui, les autres réponses iront de soi. Écoute bien et pèse chaque terme: 'Vous en remettez-vous avec humilité à la Sainte Église apostolique et romaine; à notre Saint Père le Pape et à ses évêques du soin d'apprécier vos actes et de vous juger. Faites-vous acte de soumission entière et totale et demandez-vous à rentrer dans le sein de l'Église?' Il suffit que tu répondes oui.

JEANNE *après un silence, regarde autour d'elle désemparée. Enfin, elle dit:*

JEANNE. Oui, mais. . . .

L'INQUISITEUR (*sourdement de sa place*). Sans un 'mais' Jeanne! . . .

JEANNE (*refermée*). Je ne veux pas être obligée de dire le contraire de ce que mes Voix m'ont dit. Je ne veux rien avoir à témoigner contre mon roi, rien qui puisse ternir la gloire de son sacre qui lui est acquise à jamais maintenant. . . .

L'INQUISITEUR *hausse les épaules.*

L'INQUISITEUR. Écoutez, l'homme! Il n'y a pas deux façons de le faire taire. . . .

CAUCHON (*se met lui aussi en colère*). Enfin, Jeanne, es-tu folle? Ne vois-tu pas cet homme en rouge qui t'attend? Tu dois pourtant comprendre que c'est mon dernier geste pour toi, que je n'en pourrai plus d'autre. L'Église veut encore croire que tu es une de ses filles. Elle a pesé avec soin la forme de sa question pour te faciliter la route, et tu ergotes, tu marchandes. Tu n'as pas à marchander avec ta Mère, impudente fille! Tu dois la supplier à genoux de t'envelopper dans sa robe et de te protéger. La pénitence qu'elle t'infligera, tu l'offriras à Dieu, avec l'injustice, si tu y trouves de l'injustice! Notre-Seigneur a souffert plus que toi, pour toi, dans l'humiliation et l'injustice de Sa Passion. A-t-il marchandé, Lui, a-t-Il ergoté quand il s'est agi de mourir pour toi? Tu es en retard sur Lui, des gifles, des crachats au visage, de la couronne d'épines et de l'interminable agonie entre deux voleurs; tu ne pourras jamais te rattraper! Tout ce qu'Il te demande par notre voix, c'est de te soumettre au jugement de Son Église et tu hésites?

JEANNE (*doucement, après un silence, les larmes aux yeux*). Pardon, Messire. Je n'avais pas pensé que Notre-Seigneur pouvait le vouloir. C'est vrai qu'Il a dû plus souffrir que moi.

Un petit silence encore, et elle dit:

Je me soumets.

CAUCHON. Supplies-tu humblement et sans restriction aucune, la Sainte Église catholique de te reprendre dans son sein et t'en remets-tu à son jugement?

JEANNE. Je supplie humblement ma Mère l'Église de me reprendre dans son sein et je m'en remets à son jugement. . . .

CAUCHON (*a un soupir de soulagement*). Bien, Jeanne. Le reste va être tout simple maintenant. Promets-tu de renoncer à jamais à prendre les armes?

JEANNE. C'est qu'il y a encore de la besogne à faire. . . .

CAUCHON. La besogne, comme tu dis, sera pour d'autres! Ne sois pas bête, Jeanne. Tu es enchaînée, prisonnière et en grand danger d'être brûlée. De toute façon, tu t'en doutes bien que tu dises oui, ou que tu dises non, cette besogne-là ne sera plus pour toi. Ton rôle est joué. Les Anglais qui te tiennent ne te laisseront plus te battre. Tu nous as dit tout à l'heure que lorsqu'une fille avait deux sous de bon sens, c'était Dieu qui faisait un miracle. Si Dieu te protège, c'est le moment pour Lui de t'envoyer ces deux sous de bon sens. Promets-tu de renoncer à jamais à prendre les armes?

JEANNE (*gémit*). Si mon roi a encore besoin de moi? . ' .

CHARLES (*précipitamment*). Oh, là là! . . . Si c'est pour moi, vous pouvez dire oui tout de suite. Je n'ai plus besoin de vous.

JEANNE (*sourdement*). Alors, oui.

CAUCHON. Promets-tu de renoncer à jamais à porter, contre toutes les lois de la décence et de la modestie chrétienne, cet impudent habit d'homme dont tu t'es affublée?

JEANNE (*lassée de cette question*). Vous me l'avez demandé dix fois. L'habit n'est rien. Ce sont mes Voix qui m'ont dit de le prendre.

LE PROMOTEUR (*glapit*). C'est le diable! Qui, hors du diable, aurait pu inciter une fille à choquer ainsi la pudeur?

JEANNE (*doucement*). Mais, le bon sens, Messire.

LE PROMOTEUR (*ricane*). Le bon sens? Il a bon dos avec toi, le bon sens! Le bon sens, une culotte à une fille?

JEANNE. Bien sûr, Messire. Je devais chevaucher avec des soldats; pour qu'ils ne pensent pas que j'étais une fille, pour qu'ils ne voient qu'un soldat comme eux dans moi, il fallait bien que je sois vêtue comme eux.

121

LE PROMOTEUR. Mauvaise réponse! Une fille qui n'est pas damnée d'avance n'a pas à aller courir avec des soldats!

CAUCHON. Admettons même que cet habit t'ait été utile pour la guerre, depuis que nous te tenons, depuis que tu as cessé de te battre, pourquoi as-tu toujours refusé de reprendre l'habit de ton sexe?

JEANNE. Je ne le pouvais pas.

CAUCHON. Pourquoi?

JEANNE (*hésite un peu, puis, toute rouge*). Si j'avais été en prison d'Église, j'aurais accepté.

LE PROMOTEUR. Vous voyez bien, Monseigneur, que cette fille ergote, qu'elle se joue de nous. Pourquoi dans la prison d'Église aurais-tu accepté et refuses-tu dans la prison où tu es? Je ne comprends pas, moi, et je veux comprendre! . . .

JEANNE (*sourit tristement*). C'est pourtant bien facile à comprendre, Messire. Il n'y a pas besoin d'être grand clerc!

LE PROMOTEUR (*hors de lui*). C'est facile à comprendre et moi je ne comprends pas, parce que je ne suis qu'une bête, sans doute? Notez, Messires, notez qu'elle m'insulte dans l'exercice de mon ministère public! Qu'elle se fait un titre de gloire de son impudeur, qu'elle s'en vante; qu'elle y trouve je ne sais quelle jouissance obscène! . . . Si elle se soumet à l'Église sur le fond comme elle semble vouloir le faire, après les derniers efforts de Monseigneur l'Évêque, il faudra peut-être que j'abandonne mon chef d'accusation d'hérésie, mais tant qu'elle refusera de quitter cet habit diabolique — et quelles que soient les pressions qu'on pourra exercer sur moi dans cette volonté de la soustraire à son sort que je sens présider ces débats — tant qu'elle aura cette livrée d'impudeur et de vice, je refuserai de renoncer à mon chef d'accusation de sorcellerie! J'en appellerai au besoin au concile de Bâle! Le diable est là, Messires, le diable est là! Je sens son affreuse présence! C'est lui qui lui dicte de refuser de quitter cet habit d'homme, pas de doute là-dessus.

JEANNE. Mettez-moi en prison d'Église et je le quitterai.

LE PROMOTEUR. Tu n'as pas à marchander avec l'Église, Jeanne! Monseigneur te l'a dit. Tu quitteras de toute façon cet habit ou tu seras déclarée sorcière et brûlée!

CAUCHON. Pourquoi, si tu en acceptes le principe, ne veux-tu pas quitter cet habit dans la prison où tu es présentement?

JEANNE (*murmure, rouge*). Je n'y suis pas seule.

LE PROMOTEUR (*glapit*). Et alors?

JEANNE. Deux soldats anglais veillent jour et nuit dans la cellule avec moi.

LE PROMOTEUR. Et alors?

Un silence. JEANNE *rougit encore et ne répond pas.*

Vas-tu répondre? Tu ne trouves plus rien à inventer n'est-ce pas? Je croyais le diable plus malin! Je ne lui fais pas mes compliments! Tu te sens prise, hein, ma fille? que te voilà toute rouge maintenant?

CAUCHON (*doucement*). Il faut que tu répondes, Jeanne, à présent. Je crois te comprendre, mais il faut que ce soit toi qui le dises.

JEANNE (*après un petit temps d'hésitation*). Les nuits sont longues. Je suis enchaînée. J'essaie bien de ne pas dormir, mais quelquefois la fatigue est plus forte. . . .

Elle s'arrête, plus rouge encore.

LE PROMOTEUR (*de plus en plus obtus*). Et alors? Les nuits sont longues, tu es enchaînée, tu as envie de dormir. . . . Et alors?

JEANNE (*doucement*). Avec cet habit-là, je peux mieux me défendre.

CAUCHON (*demande soudain sourdement*). Et tu as à te défendre de cette façon-là depuis le début du procès?

JEANNE. Depuis que je suis prise, Messire — toutes les nuits. Dès que vous me renvoyez là-bas, le soir, cela recommence. Je me suis habituée à ne pas dormir, c'est pour cela que quelquefois, le lendemain, quand on me ramène devant vous, je réponds un peu de travers. Mais c'est long toutes les nuits et ils sont forts et rusés. Il faut que je me batte dur. Seulement, si j'ai une jupe. . . .

Elle s'arrête.

CAUCHON. Pourquoi n'appelles-tu pas l'officier, pour qu'on te défende ?

JEANNE (*après un temps, sourdement*). Ils m'ont dit qu'ils seraient pendus, si j'appelais. . . .

WARWICK (*à* CAUCHON). Détestable! C'est détestable! Dans l'armée française passe. . . . Mais dans l'armée anglaise, non. Je veillerai à cela.

CAUCHON (*doucement*). Reviens dans le sein de ta Mère l'Église, Jeanne, accepte de reprendre l'habit de femme et c'est l'Église qui te protégera dorénavant. Tu n'auras plus à te battre, je te le promets.

JEANNE. Alors, j'accepte.

CAUCHON (*a un profond soupir*). Bien. Merci, Jeanne, de m'avoir aidé. J'ai craint un moment de ne pouvoir te sauver. On va te lire ton acte d'abjuration, il est tout préparé, tu n'auras qu'à le signer.

JEANNE. Je ne sais pas écrire.

CAUCHON. Tu feras une croix. Messire Inquisiteur, me permettez-vous de rappeler Frère Ladvenu pour qu'il lise l'acte? Je lui avais demandé de le rédiger. Nous devons d'ailleurs être au complet maintenant, pour prononcer la sentence, puisque Jeanne revient parmi nous.

Il se penche vers lui.

Vous devez être satisfait, l'homme a dit oui.

L'INQUISITEUR (*a un sourire pâle sur ses minces lèvres*). J'attends la fin.

CAUCHON *va au fond crier à un garde.*

CAUCHON. Rappelez Frère Ladvenu!

LE PROMOTEUR (*va à* L'INQUISITEUR *et lui parle bas*). Messire Inquisiteur, vous n'allez pas laisser faire une chose pareille?

L'INQUISITEUR (*a un geste vague*). Si elle a dit 'oui.'

LE PROMOTEUR. Monseigneur l'Évêque a conduit ces débats avec une indulgence pour cette fille que je n'arrive pas à comprendre! Je sais pourtant, de source sûre, qu'il mange au râtelier anglais. Mangerait-il encore plus gros, au râtelier français? Voilà la question que je me pose.

124

L'INQUISITEUR (*sourit*). Je ne me la pose pas, Messire Promoteur. Ce n'est pas une question de mangeoire. C'est plus grave.

Il s'agenouille soudain, oubliant l'autre.

O Seigneur! Vous avez permis, à la onzième heure, que l'homme s'humilie et s'abaisse dans cette jeune fille. Vous avez permis que, cette fois, il dise 'oui.' Pourquoi, en même temps, avez-Vous laissé naître une inavouable tendresse au cœur de ce vieil homme usé par une vie de compromis qui la jugeait? Ne permettrez-Vous donc jamais, Seigneur, que ce monde soit débarrassé de toute trace d'humanité, afin que nous puissions le consacrer en paix à Votre Gloire?

FRÈRE LADVENU *s'est avancé.*

CAUCHON. Frère Ladvenu, Jeanne est sauvée. Elle accepte de rentrer dans le sein de notre Mère l'Église. Lisez-lui l'acte d'abjuration, elle va le signer.

LADVENU. Merci, Jeanne. J'ai prié tout le temps pour toi.

Il lit.

'Moi, Jeanne, communément appelée la Pucelle, je confesse avoir péché par orgueil, opiniâtreté et malice en prétendant avoir reçu des révélations de Notre-Seigneur Dieu par l'intermédiaire de Ses anges et de Ses bienheureuses saintes. Je confesse avoir blasphémé en portant un costume immodeste, contraire à la bienséance de mon sexe et aux canons de notre Sainte Mère l'Église et avoir incité par mes maléfices des hommes à s'entretuer. Je désavoue et abjure tous ces péchés, je jure sur les Saints Évangiles de renoncer à porter jamais cet habit d'hérésie et de ne jamais plus prendre les armes. Je déclare m'en remettre humblement à notre Sainte Mère l'Église, et à notre Saint Père le Pape de Rome et à ses évêques, pour l'appréciation de mes péchés et de mes erreurs. Je la supplie de me recevoir dans son sein et me déclare prête à subir la sentence qu'il lui plaira de m'infliger. En foi de quoi j'ai signé de mon nom sur cet acte d'abjuration dont je déclare avoir eu connaissance.'

JEANNE (*qui n'est plus qu'une petite fille embarrassée*). Je fais un rond ou une croix? Je ne sais pas écrire mon nom.

LADVENU. Je vais te tenir la main.

Il l'aide à signer.

CAUCHON. Voilà, Jeanne. Ta Mère est en fête de te voir revenue à elle. Et tu sais qu'elle se réjouit plus pour la brebis égarée que pour les quatre-vingt-dix-neuf autres. . . . Ton âme est sauvée et ton corps ne sera point livré au bourreau. Nous te condamnons seulement, par grâce et modération, à passer le reste de tes jours en prison, pour la pénitence de tes erreurs, au pain de douleur et à l'eau d'angoisse, afin que tu puisses t'y repentir par la contemplation solitaire et moyennant quoi, nous te déclarons délivrée du danger d'excommunication où tu étais tombée. Tu peux aller en paix.

Il fait un signe, la bénissant.

Reconduisez-la!

Les soldats emmènent JEANNE. *Tout le monde se lève et se met à bavarder par petits groupes; atmosphère de fin d'audience.*

WARWICK (*se rapproche, respirant sa rose*). Bien, Monseigneur, bien. Je me suis demandé un moment quelle étrange lubie vous poussait à sauver, coûte que coûte, cette jeune fille. . . . Et si vous n'aviez pas tendance à trahir un tout petit peu votre roi.

CAUCHON. Quel roi, Monseigneur?

WARWICK (*avec une pointe de raideur*). J'ai dit votre roi. Vous n'en avez qu'un, je présume? Oui, j'ai eu peur que Sa Majesté n'en ait pas pour son argent à cause de vous. Et puis j'ai réfléchi! L'abjuration nous suffit amplement pour déshonorer le petit Charles. Cela a même l'avantage de nous éviter les conséquences du martyre, qui sont toujours imprévisibles, avec la sentimentalité actuelle des peuples. Le bûcher, cette petite fille irréductible au milieu des flammes, cela avait un petit air de triomphe encore pour la cause française. L'abjuration, cela a quelque chose de lamentable. C'est parfait.

Tous les personnages se sont retirés. L'éclairage change.

On voit JEANNE *passer au fond reconduite dans sa prison par un garde. Les personnages de Chinon se sont glissés furtifs, l'attendant sur son passage.*

AGNÈS (*s'avance*). Jeanne, Jeanne ma chère, vous ne pouvez pas savoir combien nous sommes contentes de ce succès! Félicitations!

LA REINE YOLANDE. C'était absolument inutile de mourir, ma petite Jeanne, et il faut que tout ce qu'on fait dans la vie soit efficace. . . . Moi, on jugera mon attitude de diverses façons, bien sûr, mais, du moins, je n'ai jamais rien fait qui ne soit efficace.

AGNÈS. C'est trop bête! J'aime beaucoup les procès politiques, je demande toujours à Charles de m'avoir une place; un homme qui défend sa tête, c'est un spectacle passionnant. . . . Mais là, vraiment, je n'étais pas heureuse. . . . Tout le temps je me disais c'est trop bête! Ce pauvre petit bout de chou qui va se faire tuer pour rien.

Elle s'est accrochée au bras de CHARLES.

C'est si bon, vous savez Jeanne, de vivre. . . .

CHARLES. Oui, vraiment, quand vous avez failli tout compromettre à cause de moi — j'étais touché bien sûr, mais je ne savais pas comment vous faire comprendre que vous faisiez fausse route. . . . D'abord, naturellement, j'avais pris mes précautions, sur les conseils de ce vieux renard d'Archevêque, dans cette lettre à mes bonnes villes, vous désavouant, mais, surtout, je n'aime pas qu'on se dévoue pour moi. Je n'aime pas qu'on m'aime. Cela vous crée des obligations. Et j'ai horreur des obligations.

JEANNE *ne les regarde pas, elle écoute leur papotage sans sembler les voir, elle dit soudain doucement:*

JEANNE. Occupez-vous bien de Charles. Qu'il ait du courage toujours.

AGNÈS. Mais bien sûr, sotte. Je travaille dans le même sens que vous. Vous croyez que j'ai envie d'être la maîtresse d'un petit roi toujours battu? Vous verrez que j'en ferai un grand roi du petit Charles et sans me faire brûler pour lui, moi. . . .

Elle ajoute tout bas:

C'est un peu triste à dire, Jeannot, mais après tout, Dieu l'a voulu, qui a fait les hommes et les femmes — avec mes petites scènes au lit — j'ai obtenu de lui autant que vous.

JEANNE (*murmure*). Pauvre Charles. . . .

AGNÈS. Pourquoi pauvre? Il est très heureux comme tous les égoïstes et il deviendra tout de même un très grand roi.

LA REINE YOLANDE. Nous y veillerons, Jeanne, avec d'autres moyens que vous, mais très efficacement aussi.

AGNÈS (*avec un geste à la petite reine*). Même Sa petite Majesté, n'est-ce pas? qui lui a fait un second garçon. C'est tout ce qu'elle sait faire, mais elle le fait très bien. Et comme cela, le premier peut mourir, on est tranquille. La succession est tout de même assurée. . . . Vous voyez, vous laissez tout en ordre, Jeanne, à la Cour de France.

CHARLES (*qui a éternué*). Vous venez, chérie? J'ai horreur de cette atmosphère de prison, c'est d'un humide! Au revoir, Jeanne. Nous reviendrons vous faire une petite visite, de temps en temps.

JEANNE. Au revoir, Charles.

CHARLES (*agacé*). Au revoir, au revoir. . . . En tout cas, si vous revenez à la Cour, il faudra que vous m'appeliez Sire, maintenant, comme tout le monde. Depuis que je suis sacré, j'y veille. La Trémouille même le fait. C'est une grande victoire!

Ils sont sortis trottinants dans un frou-frou de robes.

JEANNE (*murmure*). Adieu, Sire. Je suis contente de vous avoir au moins obtenu cela.

Elle se remet en marche. Le garde la conduit jusqu'à son tabouret. L'éclairage change encore. Elle est seule maintenant dans sa prison.

JEANNE (*seule*). Monseigneur saint Michel, Mesdames Catherine et Marguerite, vous ne me parlerez donc plus? Pourquoi m'avez-vous laissée seule depuis que les Anglais m'ont prise? Vous étiez là pour me conduire à la victoire, mais c'est surtout dans la peine que j'avais besoin de vous. Je sais bien que cela serait trop facile que Dieu vous tienne toujours la main — où serait le mérite? Il m'a pris la main au début parce que j'étais encore petite et après, il a pensé que j'étais assez grande. Je ne suis pas encore très grande, mon Dieu, et dans tout ce que disait l'Évêque, c'était difficile d'y voir clair. . . . Avec le vilain chanoine, c'était facile; j'avais envie de lui répondre mal, rien que pour le faire enrager; mais l'Évêque parlait si doucement et il m'a semblé plusieurs fois que c'était lui qui avait raison. Sans doute, vous avez voulu cela, mon Dieu, et puis aussi que j'aie eu si peur de souffrir quand cet homme a dit qu'il ne pourrait même pas m'étrangler. Sans doute avez-vous voulu que je vive?

> *Un silence. Elle semble attendre une réponse, les yeux au ciel.*

C'est bien. Il faudra que je réponde toute seule à cette question-là, aussi.

> *Un temps. Elle ajoute:*

Après tout, je n'étais peut-être qu'orgueilleuse? . . . Après tout, c'est moi qui ai peut-être tout inventé? Cela doit être bon, aussi, d'être en paix, que tout devoir vous soit remis, et qu'on n'ait plus que la petite carcasse à traîner modestement, au jour le jour. . . .

> *Un silence, encore elle murmure.*

Cela devait être un peu trop grand pour moi, cette histoire. . . .

> *Elle tombe soudain sanglotante sur son escabeau. WARWICK entre rapidement précédé d'un garde qui les laisse aussitôt. Il s'arrête, regarde JEANNE, surpris.*

WARWICK. Vous pleurez?

JEANNE (*se redresse*). Non, Monseigneur.

WARWICK. Et moi qui venais vous féliciter! Heureuse issue en somme de ce procès. Je le disais à Cauchon, je suis très heureux que vous ayez coupé au bûcher. Ma sympathie personnelle pour vous, mise à part — on souffre horriblement, vous savez, et c'est toujours inutile la souffrance, et inélégant — je crois que nous avons tous intérêt à vous avoir évité le martyre. Je vous félicite bien sincèrement. Malgré votre petite extraction, vous avez eu un réflexe de classe. Un gentleman est toujours prêt à mourir, quand il le faut, pour son honneur ou pour son roi, mais il n'y a que les gens du petit peuple qui se font tuer pour rien. Et puis, cela m'amusait de vous voir damer le pion à cet inquisiteur. Sinistre figure! Ces intellectuels sont ce que je déteste le plus au monde. Ces gens sans chair, quels animaux répugnants! Vous êtes vraiment vierge?

JEANNE. Oui.

WARWICK. Oui, bien sûr. Une femme n'aurait pas parlé comme vous. Ma fiancée, en Angleterre, qui est une fille très pure, raisonne tout à fait comme un garçon elle aussi. Elle est indomptable comme vous. Savez-vous qu'un proverbe indien dit qu'une fille peut marcher sur l'eau?

Il rit un peu.

Quand elle sera Lady Warwick, nous verrons si elle continuera! C'est un état de grâce· d'être pucelle. Nous adorons cela et, malheureusement, dès que nous en rencontrons une, nous nous dépêchons d'en faire une femme — et nous voudrions que le miracle continue. . . . Nous sommes des fous! Cette campagne finie — bientôt, j'espère (vous savez, votre petit Charles est tout à fait knock out, maintenant), je rentre en Angleterre, faire cette folie. Warwick Castle est une très belle demeure, un peu grande, un peu sévère, mais très belle. J'y élève des chevaux superbes. Ma fiancée monte très bien, moins bien que vous, mais très bien. Elle sera très heureuse là-bas. Nous chasserons le renard, nous donnerons quelques belles fêtes. . . . Je regrette que tant de circonstances contraires ne me permettent pas de vous y inviter.

Un temps gêné, il conclut.

Voilà. Je tenais à vous faire cette petite visite de courtoisie, comme on se serre la main après un match. J'espère ne pas vous avoir importunée. Mes hommes sont convenables, maintenant?

JEANNE. Oui.

WARWICK. On va sans doute vous transférer dans une prison d'Église. En tout cas, pour le temps qui vous reste à passer ici, à la première incorrection, n'hésitez pas à m'avertir. Je ferai pendre le goujat. Nous ne pouvons pas avoir une armée de gentlemen, mais nous devons y tendre.

Il s'incline.

Madame.

Il va sortir. JEANNE *le rappelle.*

JEANNE. Monseigneur ?

WARWICK (*s'est retourné*). Oui.

JEANNE (*demande soudain sans le regarder*). Cela aurait été mieux, n'est-ce pas, si j'avais été brûlée ?

WARWICK. Je vous ai dit que pour le Gouvernement de Sa Majesté, l'abjuration est exactement la même chose. . .

JEANNE. Non. Pour moi ?

WARWICK. Une souffrance inutile. Quelque chose de laid. Non, vraiment, cela n'aurait pas été mieux. Cela aurait même été, je vous l'ai dit, un peu vulgaire, un peu peuple, un peu bête, de vouloir mourir coûte que coûte, pour braver tout le monde et crier des insultes sur le bûcher.

JEANNE (*doucement, comme pour elle*). Mais je suis du peuple, moi, je suis bête. . . . Et puis ma vie n'est pas ornée comme la vôtre, Monseigneur, toute lisse, toute droite, entre la guerre, la chasse, les plaisirs et votre belle fiancée. . . . Qu'est-ce qui va me rester, à moi, quand je ne serai plus Jeanne ?

WARWICK. Ils ne vont pas vous faire une vie très gaie, certainement; tout au moins au début. Mais vous savez les choses s'arrangent toujours, avec le temps.

JEANNE (*murmure*). Mais je ne veux pas que les choses s'arrangent. . . . Je ne veux pas le vivre, votre temps. . .

Elle se relève comme une somnambule regardant on ne sait quoi, au loin.

Vous voyez Jeanne ayant vécu, les choses s'étant arrangées . . . Jeanne délivrée, peut-être, végétant à la Cour de France d'une petite pension ?

WARWICK (*agacé*). Mais je vous dis que dans six mois il n'y aura plus de cour de France !

JEANNE (*qui rit presque, douloureusement*). Jeanne acceptant tout, Jeanne avec un ventre, Jeanne devenue gourmande. . . . Vous voyez Jeanne fardée, en hennin,

131

empêtrée dans ses robes, s'occupant de son petit chien ou avec un homme à ses trousses, qui sait, Jeanne mariée?

WARWICK. Pourquoi pas? Il faut toujours faire une fin. Je vais moi-même me marier.

JEANNE (*crie soudain d'une autre voix*). Mais je ne veux pas faire une fin! Et en tout cas, pas celle-là. Pas une fin heureuse, pas une fin qui n'en finit plus. . . .

Elle se dresse et appelle.

Messire saint Michel! Sainte Marguerite! Sainte Catherine! vous avez beau être muets, maintenant, je ne suis née que du jour où vous m'avez parlé. Je n'ai vécu que du jour où j'ai fait ce que vous m'avez dit de faire, à cheval, une épée dans la main! C'est celle-là, ce n'est que celle-là, Jeanne! Pas l'autre, qui va bouffir, blêmir et radoter dans son couvent — ou bien trouver son petit confort — délivrée. . . . Pas l'autre qui va s'habituer à vivre. . . . Vous vous taisiez, mon Dieu, et tous ces prêtres parlaient en même temps, embrouillant tout avec leurs mots. Mais quand vous vous taisez, vous me l'avez fait dire au début par Monseigneur saint Michel, c'est quand vous nous faites le plus confiance. C'est quand vous nous laissez assumer tout seuls.

Elle se redresse soudain grandie.

Hé bien, j'assume, mon Dieu! Je prends sur moi! Je vous rends Jeanne! Pareille à elle et pour toujours! Appelle tes soldats, Warwick, appelle tes soldats, je te dis, vite! Je renonce à l'abjuration, je renonce à l'habit de femme, ils vont pouvoir l'utiliser leur bûcher, ils vont enfin l'avoir leur fête!

WARWICK (*ennuyé*). Pas de folies, je vous en prie. Je suis très satisfait comme cela, je vous l'ai dit. Et puis d'abord, j'ai horreur des supplices. Je ne pourrais pas vous voir mourir.

JEANNE. Il faudra avoir du courage, petit gars, j'en aurai bien, moi.

Elle le regarde qui est tout pâle, elle le prend par les deux épaules.

Tu es bien gentil tout de même malgré ta petite gueule de

132

gentleman mais, tu vois, il n'y a rien à faire, on n'est pas de la même race, tous les deux.

Elle a une petite caresse inattendue à sa joue et sort, criant:

Soldats! Soldats! Hé, les godons! Rendez-les-moi mes habits d'homme et quand j'aurai remis mes culottes, appelez-les, tous les curés! . . .

Elle est sortie, criant.

WARWICK *resté seul, s'essuie la joue et murmure:*

WARWICK. Comme tout cela est déplacé! Et vulgaire. Décidément, on ne peut pas fréquenter ces Français. . . .

De grandes clameurs s'élèvent soudain.

— A mort la sorcière!

— Brûlez l'hérétique!

— A mort! à mort! à mort!

Tous les personnages reviennent rapidement, empoignant des fagots hurlant des cris de mort précédant le bourreau qui traîne JEANNE, *aidé par deux soldats anglais.* LADVENU *tout pâle, suit.*

Tout cela est rapide et brutal, comme un assassinat. Le bourreau, aidé par n'importe qui, peut-être LE PRO-MOTEUR, *fait un bûcher avec les bancs qu'il y a sur la scène. On y fait grimper* JEANNE, *on l'attache au poteau, on cloue l'écriteau infamant sur sa tête. La foule crie:*

— Au poteau la sorcière!

— Au poteau! Tondez-la, la fille à soldats!

— Au poteau! Au poteau! Brûlez-la!

WARWICK (*agacé*). Stupide! C'est stupide! Nous avions bien besoin de cette mise en scène!

JEANNE (*crie sur le bûcher*). Une croix! Une croix par pitié!

LE PROMOTEUR. Pas de croix pour une sorcière!

JEANNE. Je vous en supplie, une croix.

CAUCHON (*à* LADVENU). Ladvenu! A l'Église paroissiale. Courez!

LADVENU *sort en courant.*

LE PROMOTEUR (*à* L'INQUISITEUR). C'est irrégulier! Vous ne protestez pas, Messire Inquisiteur?

133

L'INQUISITEUR (*qui regarde* JEANNE, *tout pâle*). Avec ou sans croix, mais qu'elle se taise, vite! Regardez-la sur son bûcher qui nous nargue. Mais on ne triomphera donc jamais de lui!

JEANNE (*crie encore*). Une croix!

Un soldat anglais a pris deux bouts de bois, les attache ensemble et crie à JEANNE.

LE SOLDAT. Tiens, ma fille! Ils me dégoûtent après tout, tous ces curés. Elle a droit à une croix comme les autres, cette fille-là!

LE PROMOTEUR (*se précipite*). Elle est hérétique! Je te défends, l'homme!

LE SOLDAT (*le renvoyant d'une bourrade*). Moi, je t'emmerde.

Il tend sa croix improvisée à JEANNE *qui la serre avidement contre elle et l'embrasse.*

LE PROMOTEUR (*se précipite sur* WARWICK). Monseigneur! Cet homme doit être arrêté et jugé aussi comme hérétique. J'exige que vous le fassiez immédiatement arrêter!

WARWICK. Vous m'ennuyez, Monsieur. J'en ai huit cents comme cela, tous plus hérétiques les uns que les autres. C'est avec ça que je fais la guerre, moi!

L'INQUISITEUR (*au bourreau*). Allez, mets le feu, toi, vite! Que la fumée l'entoure, qu'on ne la voie plus!

A WARWICK.

Il faut faire vite! Dans cinq minutes, Monseigneur, tout le monde sera pour elle.

WARWICK. Je crains que ce ne soit déjà fait.

LADVENU *est accouru avec une croix.*

LE PROMOTEUR (*glapit*). Pas de croix, Frère Ladvenu!

CAUCHON. Laissez, Chanoine, je vous l'ordonne!

LE PROMOTEUR. J'en référerai en Cour de Rome!

CAUCHON. Vous en référerez au diable si vous voulez, pour le moment, c'est moi qui commande ici.

Tout cela est rapide, bousculé, improvisé, honteux, comme une opération de police.

L'INQUISITEUR (*répète nerveusement courant de l'un à*

l'autre). Il faut faire vite! Il faut faire vite! Il faut faire vite!

LADVENU (*qui est monté sur le bûcher*). Courage, Jeanne. Nous prions tous pour toi.

JEANNE. Merci, petit frère. Mais descends, tu serais en danger d'être brûlé, toi aussi.

L'INQUISITEUR (*n'y tenant plus, crie au bourreau*). Alors, l'homme, ça y est?

LE BOURREAU (*qui redescend*). Ça y est, Messire, ça brûle. Dans deux minutes, la flamme l'atteindra.

L'INQUISITEUR (*soupire, soulagé*). Enfin!

CAUCHON (*crie soudain, s'agenouillant*). Mon Dieu, pardonnez-nous!

Il fait un signe, tous s'agenouillent et commencent les prières des morts. LE PROMOTEUR, *haineux, est resté debout.*

CAUCHON (*lui crie*). A genoux, Chanoine!

LE PROMOTEUR *a un regard de bête traquée et s'agenouille.*

L'INQUISITEUR (*qui n'ose pas regarder, demande à* LADVENU *qui est près de lui, tendant la croix à* JEANNE). Elle regarde droit devant elle?

LADVENU. Oui, Messire.

L'INQUISITEUR. Sans faiblir?

LADVENU. Oui, Messire.

L'INQUISITEUR (*demande presque douloureusement*). Et il y a presque comme un sourire, n'est-ce pas, sur ses lèvres?

LADVENU. Oui, Messire.

L'INQUISITEUR (*baisse la tête accablé, et constate sourdement*). Je ne le vaincrai jamais.

LADVENU (*resplendissant de confiance et de joie*). Non, Messire!

JEANNE (*murmure, se débattant déjà*). O Rouen, Rouen, tu seras donc ma dernière demeure?

Elle gémit soudain.

O Jésus!

AGNÈS (*agenouillée dans un coin, avec* CHARLES *et les reines*). Pauvre petite Jeanne. C'est trop bête. . . . Vous croyez qu'elle souffre déjà?

CHARLES (*qui s'éponge le front et regarde autre part*). C'est un mauvais moment à passer.

Le murmure de la prière des morts couvre tout. Soudain,
BEAUDRICOURT *arrive en courant, essoufflé, bousculant tout le monde du fond de la scène ou peut-être même de la salle. Il crie:*

BEAUDRICOURT. Arrêtez! Arrêtez! Arrêtez!

Tout le monde s'est dressé, il y a un moment d'incertitude.

CRIS DANS LA FOULE. — Quoi? Arrêter quoi? Qu'est-ce qu'il veut?

— Qu'est-ce qu'il dit? C'est un fou!

BEAUDRICOURT. Ouf! J'arrive à temps!

Il crie à CAUCHON.

On ne peut pas finir comme ça, Monseigneur! On n'a pas joué le sacre! On avait dit qu'on jouerait tout! Ce n'est pas juste! Jeanne a droit à jouer le sacre, c'est dans son histoire!

CAUCHON (*frappé*). C'est exact! Nous allions commettre une injustice!

CHARLES. Vous voyez! J'étais sûr qu'on oublierait mon sacre! On n'y pense jamais à mon sacre. Il m'a pourtant coûté assez cher.

WARWICK (*atterré*). Allons bon! Le sacre, maintenant! C'est d'un mauvais goût! Ma présence à cette cérémonie serait indécente, Monseigneur, je m'éclipse. De toute façon, pour moi c'est fini, elle est brûlée. Le Gouvernement de Sa Majesté a atteint son objectif politique.

Il sort.

CAUCHON (*crie au bourreau*). Défais le bûcher, l'homme! Détache Jeanne! Et qu'on lui apporte son épée et son étendard!

Tout le monde se précipite joyeusement sur le bûcher et les fagots. CHARLES *qu'on commence à habiller pour son sacre s'avance au public, souriant*

CHARLES. Cet homme a raison. La vraie fin de l'histoire de Jeanne, la vraie fin qui n'en finira plus, celle qu'on se redira toujours, quand on aura oublié ou confondu tous nos noms, ce n'est pas dans sa misère de bête traquée à

Rouen, c'est l'alouette en plein ciel, c'est Jeanne à Reims dans toute sa gloire. . . . La vraie fin de l'histoire de Jeanne est joyeuse. Jeanne d'Arc, c'est une histoire qui finit bien!

BEAUDRICOURT (*ravi, enlevant les fagots avec les autres*). Heureusement que je suis arrivé à temps. . . . Les imbéciles, ils allaient brûler Jeanne d'Arc! Vous vous rendez compte?

LE PÈRE (*qui enlève aussi les fagots avec le frère*). Avance, toi. Et tire tes doigts de ton nez! Prends modèle sur ta sœur! Regarde comme elle est à l'honneur, qu'on se sent fier d'être son père! . . . J'avais toujours dit, moi, que cette petite avait de l'avenir. . . .

> *On a rapidement élevé un autel au fond de la scène avec les moyens du bord, à la place du bûcher. Cloches éclatantes soudain, orgues. Un cortège se forme avec* CHARLES, JEANNE *un peu en retrait, puis les reines,* LA TRÉMOUILLE, *etc.*

> *Le cortège se met en marche vers l'autel. Tout le monde s'agenouille dans l'assistance. Seule* JEANNE *est toute droite, appuyée sur son étendard, souriant au ciel, comme sur les images.* L'ARCHEVÊQUE *pose la couronne sur la tête de* CHARLES. . . .

> *Orgues triomphantes, cloches, coups de canon, envol de colombes, jeux de lumière, peut-être, qui donnent les reflets des vitraux de la cathédrale et transforment le décor. Le rideau tombe lentement sur cette belle image de livre de prix.* . . .

FIN DE L' 'ALOUETTE'

p. 42 . . . que je passe par le duc de Bourgogne. *v.* Introduction, p. 8.

p. 42 . . . Je la juge et je la brûle. *v.* Introduction, for the official English attitude. Michelet tells how one day, late in the trial proceedings, when Joan's life was endangered by food poisoning, Warwick, thoroughly alarmed, said: '*Le roi ne voudrait pas pour rien au monde qu'elle mourût de sa mort naturelle; le roi l'a achetée, elle lui coûte cher! . . . Il faut qu'elle meure par justice, qu'elle soit brûlée. . . . Arrangez-vous pour la guérir.*'

p. 42 . . . C'est toujours ce qu'il y a de plus beau, les commencements. *v.* Introduction, p. 25, and the passage from ANTIGONE quoted there concerning the lost innocence of childhood. Cf. MÉDÉE (p. 400, *Nouvelles Pièces Noires*) '*Je veux, je veux, en cette seconde encore, aussi fort que lorsque j'étais petite, que tout soit lumière et bonté!*' Cf. also ROMÉO ET JEANNETTE (p. 347, *Nouvelles Pièces Noires*), where Frédéric is trying to dissuade Jeannette who wants him to make a suicide pact with her: '*Il n'y a que les enfants, il n'y a que ceux qui n'ont jamais veillé de cadavres pour la parer encore de fleurs et croire qu'on doit mourir à la première ride ou à la première peine. On doit vieillir. On doit sortir un jour de son monde d'enfant et accepter que tout ne soit pas aussi beau que lorsqu'on était petit.*' And Jeannette replies: '*Je ne veux pas devenir grande. . . . Je ne veux pas apprendre à dire oui. Tout est trop laid.*'

p. 43 . . . les sales godons. cf. Shaw's 'goddams.' A popular nickname for the English.

p. 45 . . . Ah, ouiche! Pas de pitié. Il était déjà parti et moi j'avais la France sur le dos.

The foregoing passage is more or less as Michelet tells it; only, of course, Anouilh does expand the historical records. Jeanne talks familiarly along lines that everyone can understand.

p. 45 . . . Sorcellerie déjà en herbe! L'Arbre aux Fées! The prosecution made much of this early in the trial while the charge of sorcery was still being pursued. *v.* Introduction, p. 9.

p. 45 . . . la Jeanne. A familiar, rustic form of address.

p. 46 . . . Oui, j'avais un rendez-vous, mais mon amoureux avait deux grandes ailes blanches. The whole passage is reminiscent of the little scene between Antigone and the Nurse (ANTIGONE, pp. 139–40, *Nouvelles Pièces Noires*) and there is the same irony at work. Anouilh is not afraid to use the same dramatic effects over again.

p. 47. . . . Qu'il t'a dit, petite dinde! A familiar contraction of '*C'est ce qu'il t'a dit.*'

p. 48 . . . ne mélangeons pas les diables de chacun. One illustration out of many others that Anouilh has the merit of being extremely playable.

p. 48 . . . Etaient-elles toutes nues. This case is typical of the hostile questions put to Joan during the preliminary stages of the trial. When this question was asked her with reference to St Michael, she answered: '*Pensez-vous donc que Notre-Seigneur n'ait pas de quoi le vêtir?*'

p. 49 . . . Pourquoi m'a-t-Il promis de convaincre tous ces hommes que j'ai convaincus. A reference to her examination at Poitiers. *v.* Introduction, p. 5.

p. 50 . . . Je vois là le germe d'une affreuse hérésie qui déchirera un jour l'Eglise. A reference to the Reformation one hundred years later, and in particular, to the doctrines of predestination associated with Calvinism and Jansenism, which were both pronounced heretical.

p. 50 . . . quand j'ai abjuré et que je me suis reprise? A vivid example of Anouilh's dramatic technique. His use of a double perspective has an extra compulsion here because it so well suits Joan's own lucidity of mind. *v.* Introduction, p. 15.

p. 50 . . . si j'y suis, Dieu veuille m'y tenir. This question was put to her and this was her reply, word for word.

p. 51 . . . une aventurière, une fille à soldats. . . . *v.* Introduction, p. 8, on the desire of the English to discredit Charles VII.

p. 51 . . . les attendus de votre jugement. 'findings'(legal phrase).

p. 51 . . . Je vous dis là une idée neuve, mais je suis persuadé qu'elle fera son chemin. An obvious oblique reference to twentieth century totalitarianism.

p. 51 . . . D'ailleurs, c'est écrit sur nos armes. This passage is full of gentle—and not so gentle—irony at the expense of the English. The reproach of self-righteousness is traditionally brought upon us by foreigners.

p. 54 . . . **Pardine.** A dialect variant of '*Parbleu.*'

p. 54 . . . **nous autres gens de L'Est.** . . . One of the many instances of Anouilh's fondness for contemporary reference.

p. 55 . . . **Après, il arrivera ce que Dieu voudra.** A good example of dramatic irony. Joan is known to have had an unusually developed sense of precognition.

p. 55 . . . **ahanant sous l'effort.** '*ahaner*' was common enough in the fifteenth century but is now little used. The meaning is roughly 'grunting and blowing under the strain.'

p. 55 . . . **tel qu'il est écrit, et à son tour.** Cauchon's insistence on the role which each character must in due course play has considerable bearing on Anouilh's ideas, *v*. p. 26.

Cf. ANTIGONE (pp. 144, *Nouvelles Pièces Noires*): '*A chacun son rôle. Lui, il doit nous faire mourir, et nous, nous devons aller enterrer notre frère.*' (P. 136, idem): '*Elle s'appelle Antigone et il va falloir qu'elle joue son rôle jusqu'au bout.*'

p. 55 . . . **J'ai moi-même été rossé à mort, je m'en porte fort bien.** The idea of corporal punishment in schools is repugnant to most foreigners.

p. 58 . . . **Jeanne d'Arc à cheval!** Notice the special irony. Joan's full name is here mentioned for the first time, and in its eternal connection.

p. 59 . . . **pour accepter ce manteau d'orgueil.** Pride is an important element in Joan's character and one that links her to other Anouilh heroines—cf. Thérèse, Antigone, Jeannette, Médée—who are, so to speak, involuntarily chosen and set apart from other mortals.

Cf. ANTIGONE (p. 175, *Nouvelles Pièces Noires*). Créon says: '*L'orgueil d'Oedipe. Tu es l'orgueil d'Oedipe. Oui, maintenant que je l'ai retrouvé au fond de tes yeux, je te crois. Tu as dû penser que je te ferais mourir. Et cela te paraissait un dénouement tout naturel pour toi, orgueilleuse! . . . L'humain vous gêne aux entournures dans la famille. Il vous faut un tête-à-tête avec le destin et la mort.*'

p. 60 . . . **J'irai trouver mon oncle Durand.** A deliberate anachronism, with a slight music-hall flavour—roughly equivalent to 'my Uncle Fred'—helps to bring over Joan's directness and matter-of-factness here where she makes up her mind.

p. 60 . . . **Tête de lard.** 'fat-head.' The *lutte de chiffonniers* which follows is common in Anouilh's theatre as one of the animal manifestations of childhood into which Joan has for a moment and joyfully returned. Cf. final scene in ARDÈLE, where the children savagely ape the adult world.

p. 61 . . . **donnant donnant.** . . . 'nothing for nothing.'

p. 62 . . . **La taille.** . . . Here in the sense of tax collected by the local commander.

p. 63 . . . **Je fais peur à tout le monde pourtant.** *v.* p. 92.

p. 64 . . . **Je m'en tire avec un coup de gueule.** 'I pass it off by shouting.'

p. 66 . . . **avec sa belle Toison d'Or toute neuve** . . . The Golden Fleece, one of the great knightly orders of Europe, was founded by Philippe le Bon, Duke of Burgundy, on the occasion of his marriage to Isabella of Portugal at Bruges on 10th January 1429.

p. 66 . . . **leur tire** . . . **dans les pattes.** . . . *lit.*, to shoot at someone's legs with intent to hinder and stop but not to kill. Here it is slang for to harass them or to get in their way.

p. 66 . . . **buffes** . . . **torchons.** '. . . blows . . . clouts.'

p. 68 . . . **décaniller d'Orléans** . . . (Slang) 'get to hell out of . . .'

p. 70 . . . **Nous nous étions dans Rouen occupé!** The whole passage and what follows well illustrates Anouilh's technique of revivifying the past. Talk of collaboration and occupation is obviously relevant to Rouen in the early fifteenth century but produces its special overtones on a twentieth century French audience.

p. 71 . . . **les jours où Dieu s'absente.** Cauchon's words call to mind the metaphor of the ship in distress used by Créon when he defends order and government in a world of absurdity (*v.* ANTIGONE, p. 184, *Nouvelles Pièces Noires*). His heartfelt appreciation of Joan here—he is the only character in the play to come near to the truth about her—shows a very different opinion about man's nature to that expressed later on (pp. 114–15) by the Inquisitor.

p. 71 . . . **jusqu'au bûcher inclusivement.** There is perhaps a play on the proverbial remark made by both Rabelais and Montaigne that they would hold to their opinions '*jusqu'au feu exclusivement.*'

p. 72 . . . **une belle statue à Londres, le temps venu.** There has never been a statue of Joan of Arc in London.

p. 72 . . . **avec un hennin de la saison dernière.** A *hennin* was the type of tall conical hat worn by women in the fifteenth century (*v.* illustration in *Petit Larousse*).

p. 73 . . . **nous avons encore quelque prestige à l'étranger.** A further instance of twentieth century anachronism.

142

p. 73 . . . la plus élégante étant donné sa position. The reference is to Cardinal Beaufort, Bishop of Winchester, and the real power in England at this time. *v.* Introduction, p. 2.

p. 75 . . . pour obtenir une trêve d'un an. A vague reference to the attempts at negotiation with the Duke of Burgundy made by Charles's advisers after 1424, *v.* Introduction, p. 3. The Archbishop of Rheims, in his position of Chancellor of the realm, was a strong advocate of appeasement.

p. 77 . . . il vivait avant la guerre où tout était beaucoup moins cher. These remarks are deliberately aimed at a contemporary audience.

p. 77 . . . malheureusement c'était lui, le Connétable. . . . This is not, in fact, true. *v.* Introduction, p. 3 and 11.

p. 80 . . . dire que nous ne l'admettrions jamais! The Archbishop and La Trémouille point their hostility to Joan from the start.

p. 81 . . . cet imbécile tombait . . . dans le puits . . . et se noyait. According to Michelet, '*un homme d'armes qui vit Jeanne et la trouva belle, exprima brutalement son mauvais désir, en jurant le nom de Dieu à la manière des soldats. — Hélas! dit-elle, tu le renies, et tu es si près de la mort! Il tomba à l'eau un moment après, et se noya.*'

p. 82 . . . qui sort directement de la cuisse de Jupiter. (*pop.*) '. . . who thinks he's God Almighty.'

p. 82 . . . Vous êtes venu à la prêtrise par les burettes. . . . *Burette* = altar cruet (containing sacramental wine). Charles' sarcastic meaning in this passage is roughly this: 'It is quite natural for you—the grandson of a wine-merchant—to have become a priest: you must at least be used to handling wine.'

p. 83 . . . si ce n'est pas un coup du diable. The Archbishop's cynicism sets the anti-clerical tone of the play.

p. 84 . . . Elle va pour se prosterner, hésite, toute rouge, regardant le page. . . . The scene is true to fact, at the same time Anouilh imagines it in a light that will suit his own purpose. All his stage directions, even when they are designed to contribute towards his rather rigid pattern of characterization, help the actor: they are always immediately intelligible, actable and to the point.

p. 84 . . . lieutenant du Roi des Cieux, qui est roi de France. These were her exact words; *v.* Introduction, p. 5, for an account of her reception at Chinon.

p. 85 . . . pour être le lieutenant de Son royaume. In fact,

143

Joan spoke privately to the king and not, like this, for all the court to hear. Concerning the so-called *secret du roi*, Michelet, quoting trial sources, writes: '*ayant entendu cela le roi dit à ceux qui l'entouraient que Jeanne lui avait dit certains secrets que personne ne savait et ne pouvait savoir sauf Dieu. C'est pourquoi il avait grande confiance en elle.*' On the question of Charles' legitimacy, *v.* Introduction, pp. 3, 5.

p. 86 . . . un premier interrogatoire. The only examination was that held at Poitiers. *v.* Introduction, p. 5.

p. 86 . . . le roi l'ordonne. It only needs Joan to say the word and he starts to behave as king at once.

p. 87 . . . pour le distraire pendant sa maladie. Charles VI is known to have had a series of playing cards and this is perhaps the earliest irrefutable mention of their existence in Europe. But card playing was common among the Arabs and Chinese long before this time, though its origins are obscure.

p. 91 . . . de gros genoux en même temps. . . . The portrait of Charles VII as *gringalet de nature* is historically accurate. It is recorded in Lavisse's *Histoire de France* that '*toute sa vie il fut grêle et malingre. Il avait les jambes courtes, les genoux cagneux, une démarche disgracieuse . . . l'aspect vieillot . . . et fatigué . . .*' besides this '*le principal trait de son caractère était l'inquiétude, la défiance, le goût de la solitude.*' *v.* Introduction, p. 3.

p. 91 . . . ce tout petit morceau de France grignoté par les Anglais. *v.* Introduction, p. 10, concerning the state of France at the end of the reign of Charles VII.

p. 92 . . . Comme si je n'avais pas peur. *v.* p. 63.

p. 92 . . . dans leurs bonnes grosses bastilles. Orleans was besieged by means of a system of forts constructed at intervals round the town.

p. 94 . . . le commandement de mon armée royale à la Pucelle ici présente. Neither this nor La Trémouille's arrest are of course true, as Warwick is the first to point out a moment later.

p. 96 . . . à toutes ses bonnes villes, te désavouant. It is not at all clear what letters are referred to here. Charles seems to have repudiated Joan more by his indifference to her capture and his failure to ransom her than by any formal act of disavowal. Writing to grant privileges to the people of Orleans immediately after the siege, he does not mention her at all: the town's deliverance was due '*à la divine grâce, au secours des habitants et à l'aide des gens de guerre.*' Bearing in mind that pressure was being put upon him all this while by advisers who were actively hostile to

Joan, Charles may have addressed similar letters elsewhere. *v.* Introduction, p. 8.

p. 97 . . . Sire Henri VI de Lancastre, le roi de France et d'Angleterre. *v.* Introduction for the terms of the Treaty of Troyes, p. 2.

p. 97 . . . La résistance vaine du clan armagnac. . . . *v.* Introduction, p. 7.

p. 98 . . . nos troufions! ((Slang) 'infantrymen.'

p. 99 . . . mon droit est de continuer à croire et de vous dire non. Cf. Note, p. 55. Another allusion to the casting of parts between those who say yes to life and those who say no, *v.* Introduction, p. 24. Cf. Antigone's reply to Créon's frantic attempts at persuasion: *'Je ne veux pas comprendre. C'est bon pour vous. Moi, je suis là pour autre chose que pour comprendre. Je suis là pour vous dire non et pour mourir'* (ANTIGONE, p. 184, *Nouvelles Pièces Noires*). A little earlier in their argument (p. 179) Créon had said *'J'ai le mauvais rôle, c'est entendu, et tu as le bon.'* Cf. also the Inquisitor on the subject of man humiliating the idea *'simplement parce qu'il dira 'non' sans baisser les yeux'* (p. 115).

p. 100 . . . Je lui ai donné du courage, voilà tout. Great importance was attached to the 'king's secret' at the trial. Joan refused to divulge what she had told him out of respect for his dignity and feelings, and it was at once assumed that she had tried to win him by devilish means. Here Anouilh alters historical fact (*v.* Modifications): Joan reveals that she gave the king courage and this leads naturally into a discussion on the nature of miracles, which culminates in her assertion that man is the true miracle, and in the intervention of the Inquisitor.

p. 104 . . . La Sainte Inquisition sait tout, Jeanne. The Inquisition, like the secret police, is everywhere. The technique of interrogation here is very similar to that used by Créon when Antigone is confronted with him after her crime: Créon accurately recalls similar secrets of her childhood and of her relationship with her brothers (ANTIGONE, p. 187, *Nouvelles Pièces Noires*).

These facts about Joan's childhood and military career were revealed during the course of the trial and are accurately reported. Haumette was one of the many who gave evidence at the Rehabilitation trial. Michelet, writing of the Battle of Patay (*v.* Introduction, p. 6) says: *'La poursuite fut meurtrière, deux mille anglais couvrirent la plaine de leurs corps. La Pucelle*

145

pleurait à l'aspect de tous ces morts; elle pleura encore plus en
voyant la brutalité du soldat, et comme il traitait les prisonniers
qui ne pouvaient se racheter; l'un d'eux fut frappé si rudement à
la tête qu'il tomba expirant; la Pucelle n'y tint pas, elle s'élança
de cheval, souleva la tête du pauvre homme, lui fit venir un prêtre,
le consola, l'aida à mourir.'

p. 104 . . . qu'humilité, gentillesse, charité chrétienne. Ladvenu
echoes the findings at Poitiers. *v.* Introduction, p. 5.

p. 106 . . . Sois bonne et sage et va souvent à l'église. *v.*
Introduction, p. 4.

p. 107 . . . nous avons tous quitté le village. Michelet reports
that Joan's family were forced to evacuate on one occasion
when Domrémy was in fact pillaged.

p. 107 . . . il n'est femme de Rouen qui saurait m'en remontrer.
It is known that Joan's father was fairly well off. While the
other children went with him to the fields to mind the animals,
Joan stayed at home with her mother who taught her to sew
and to spin. At this point in the trial, records show that Joan
bridled in exactly this way, claiming that '*elle ne cuidoit (croyait)*
pas qu'il y eust femme dans Rouen qui lui en sceust apprendre
aucune chose.' Rouen was as well known then as now for its
textile industry.

p. 107 . . . que je serais prise et qu'après je serais délivrée.
Time and again during her trial Joan mentioned this, and drew
hope from it. In the end she realized, and accepted, that deliverance meant death.

p. 108 . . . avait fait tant de pauvres morts. *v.* Note, p. 104.

p. 110 . . . grosse tourte! 'dolt.'

p. 111 . . . pour que le bon Dieu vous donne tout ça. . . . The
theme of *camaraderie*, of the unspoken love which unites people
in common danger and in the face of life, the theme of *le petit*
soldat et son capitaine, is a favourite one in Anouilh.

Cf. MÉDÉE (p. 390, *Nouvelles Pièces Noires*) '*Les as-tu oubliés*
ces jours où nous n'avons rien pensé l'un sans l'autre? Deux com-
plices devant la vie devenue dure, deux petits frères qui portaient
leur sac côte à côte tout pareils, à la vie et à la mort, les manches
retroussées et pas d'histoires. . . . Et le soir, à la halte, le soldat
et le capitaine se déshabillaient côte à côte, tout surpris de se
retrouver un homme et une femme sous leurs deux blouses pareilles,
et de s'aimer.' Cf. COLOMBE (p. 314, *Pièces Brillantes*) '*Pauvre*
petite Colombe de deux sous. Je t'aimais, moi, comme un petit
garçon aime sa mère, comme un petit garçon aime un autre petit

garçon avec qui il a échangé son sang, une nuit dans le dortoir, à la vie et à la mort; comme un petit compagnon pour lutter et pour vivre tous les jours. . . .' Cf. EURYDICE (p. 354, *Pièces Noires*), *'Je ne croyais pas que c'était possible de rencontrer un jour le camarade qui vous accompagne, dur et vif, porte son sac et n'aime pas non plus faire de sourires. Le petit copain muet qu'on met à toutes les sauces et qui, le soir, est belle et chaude contre vous. . . . ma farouche, ma sauvage, ma petite étrangère. . . .'*

Cf. ROMÉO ET JEANNETTE (p. 346, *Nouvelles Pièces Noires*) *'Si j'avais juré une fois comme cela, moi, tout en blanc avec mon bouquet dans l'église, si j'avais dit à un garçon: à partir de maintenant je suis ta femme, on partage: le bien et le mal, c'est pour nous deux. Ce serait comme un soldat avec son capitaine, et on pourrait plutôt me couper le bras.'*

Cf. Introduction (p. 31).

p. 112 . . . il y a pas plus couillon que des Anglais. Notice the free use of *argot* throughout this passage.

p. 112 . . . Je réponds d'eux tous! Animal nature in its simplicity is invested with innocence and the world of objects with a kind of tender indifference. Cf. ANTIGONE (p. 138, *Nouvelles Pièces Noires*) where Antigone describes her walk early in the garden.

p. 113. . . pour trouver un autre pays à piller — tout simplement. *v.* Introduction (p. 7) on the dispersal of the French forces after the coronation of Charles VII. The Armagnac captains probably deserted Joan, and in the circumstances they could do little else. Michelet writes that Xaintrailles made a bold attack on Rouen in May 1430, but it cannot have been meant as more than a gesture. Anouilh's characterization of these men is probably just, *v.* p. 31 concerning Etienne de Vignoles, called La Hire: they were clever at irregular fighting, but they had no organization and embodied none of the chivalrous ideals.

The peace moves here referred to probably describe those made by the Archbishop of Rheims, who according to Michelet came to St Denis with the idea of concluding a truce just when Joan made her unsuccessful attack on Paris, *v.* Introduction, p. 7; he probably also hoped to gain the Duke of Burgundy, who was in Paris at the time.

p. 113 . . . je m'en dédirai jamais. Joan's distinction between matters of faith and direct inspiration was a central issue of the trial in its later stages, *v.* Introduction, p. 9. As regards what her voices had told her to do she refused to submit herself except to the Church Triumphant; her case was therefore heretical. '*Je crois bien que notre saint-père, les évêques et autres gens d'Eglise sont pour garder la foi chrétienne et punir ceux qui y défaillent. Quant à mes faits, je ne soumettrai qu'à l'Eglise du ciel, à Dieu et à la Vierge, aux saints et saintes du paradis. Je n'ai point failli en la foi chrétienne, et je n'y voudrais faillir.*' '*J'aime mieux mourir que revoquer ce que j'ai fait par le commandement de Notre Seigneur.*' When questioned on another occasion, Joan agreed '*qu'elle s'en rapporterait à l'Eglise militante, pourvu qu'elle ne lui commandât chose impossible.*' — '*Croyez-vous donc n'être point sujette à l'Eglise qui est en terre, à notre saint-pape, aux cardinaux, archevêques et prélats?*' — '*Oui, sans doute, notre Sire servi.*' — '*Vos voix vous défendent de vous soumettre à l'Eglise militante?*' — '*Elles ne le défendent point, Notre-Seigneur étant servi premièrement.*'

p. 115 . . . L'insolente race. Those who say yes and those who say no belong to two different races, *v.* Introduction, p. 23.

p. 115 . . . mais me faire dire 'oui,' cela vous ne le pouvez pas. The Inquisitor names man the enemy because he refuses to submit to temporal authority, but he also describes the attitude of the hero who is in revolt against life and refuses to accept its terms, *v.* Introduction, pp. 23 *et seq.*; and he describes, too, the *acte gratuit*, done without reason or motive, unprompted and truly autonomous, which it is simply in the hero's nature to do and is his means of self-fulfilment.

p. 115 . . . Et, jusqu'ici, nous n'avons pas trouvé mieux. Cf. Créon's treatment of Antigone.

p. 116 . . . Alors, forcément, ça sera plus long. Shaw has exactly the same scene. It is certain that the executioner appeared at the trial on two occasions—11th May and 23rd May—in order to add a gruesome note to the proceedings when the idea of torture was tried. Michelet records that the stake was exceptionally high: '*Ce n'était pas seulement pour rendre l'exécution plus solennelle; il y avait une intention: c'était afin que, le bûcher étant si haut échafaudé, le bourreau n'y atteignît que par le bas, pour allumer seulement, qu'ainsi il ne pût abréger le supplice* ('*De quoi il estoit fort marry et avoit grand compassion . . .*), ni expédier la patiente comme il faisait des autres, leur faisant grâce de la flamme. Ici, il ne s'agissait pas de frauder la justice, de donner au feu un corps mort; on voulait qu'elle fût bien réellement brûlée vive; que, placée au sommet de cette montagne de bois et dominant le cercle des lances et des épées, elle pût être observée de toute la place. Lentement, longuement brûlée sous les yeux d'une foule* *curieuse, il y avait lieu de croire qu'à la fin elle laisserait surprendre quelque faiblesse, qu'il lui échapperait quelque chose qu'on pût donner pour un désaveu, tout au moins des mots confus qu'on pourrait interpréter, peutêtre de basses prières, d'humiliants cris de grâce, comme d'une femme éperdue. . . .'*

p. 118 dont tu aurais été l'instrument. *v.* Note, p. 96.

p. 119 . . . Depuis la malheureuse affaire de Paris. . . . An allusion to Joan's ill-fated assault on Paris on the Feast of the Nativity of Our Lady, *v.* Introduction, p. 7.

p. 120 . . . qui lui est acquise à jamais maintenant. . . . Again Joan shows her reluctance to implicate Charles VII and her deep feeling that she had fulfilled her mission in having him crowned. On 23rd May in the cemetery of St Ouen (*v.* Introduction, p. 9), in reply to the taunts of one of the priests that her king was heretical and schismatical, she flared up and said: *'Par ma foi, sire, révérence gardée, j'ose bien vous dire et jurer, sur peine de ma vie, que c'est le plus noble chrétien de tous les chrétiens, celui qui aime le mieux la foi et l'Eglise, il n'est point tel que vous le dites.'* — *'Faites-la taire,'* Cauchon shouted out. And Michelet again reports that she spoke of him when actually on the scaffold: *'Que j'ai bien fait, que j'ai mal fait, mon roi n'y est pour rien; ce n'est pas lui qui m'a conseillée.'*

p. 122 . . . J'en appellerai au besoin au concile de Bâle! The Council of Basle was a synod of the church convened by Pope Martin V in 1431 to deliberate on general matters.

p. 123 . . . Avec cet habit-là, je peux mieux me défendre. The conditions of her captivity are accurately described and the deliberately malicious obtuseness of her questioners on this point is probably true too. Three English soldiers slept in the same cell as she: *'de nuyt, elle estoit couchée ferrée par les jambes de deux paires de fer à chaîne, et attachée moult estroitement d'une chaîne traversante par les pieds de son lict, tenante à une grosse pièce de boys de longeur de cinq ou six pieds et fermante à clef, par quoi ne pouvoit mouvoir de la place.'*

p. 125 . . . afin que nous puissions le consacrer en paix à Votre Gloire? The extreme anti-clerical tone of the play is only too apparent.

p. 125 . . . dont je déclare avoir eu connaissance. The text of the act of abjuration is not given by Michelet. It is most probable that it was read out, not by Ladvenu, but by the secretary to the Cardinal of Winchester, who afterwards made Joan sign with her mark.

p. 126 . . . Nous te condamnons seulement . . . et à l'eau d'angoisse. This was part of the actual wording of the sentence.

p. 126 . . . Reconduisez-la! She was taken back to the *Vieux Château* in spite of her plea to be moved into an ecclesiastical prison.

p. 127 . . . C'est si bon, vous savez Jeanne, de vivre. . . . Agnès, as Warwick does later, prepares the ground for Joan's final recantation. Cf. the scene in LA SAUVAGE where Hartmann tries to persuade Thérèse to compromise (pp. 194–5, *Pièces Noires*): THÉRÈSE: *'C'est bien de m'aider. . . . Mais comme il faut racler tout son orgueil pour aimer ainsi.'* HARTMANN: *'Laissez-vous aller. Vous finirez par penser à leur manière tout naturellement. J'ai été un être humain, révolté, moi aussi. . . . Mais les jours clairs sont passés sur moi. . . . Vous verrez, peu à peu vous arriverez à ne plus avoir mal du tout. A ne plus rien exiger d'eux, qu'une petite place dans leur joie.'* THÉRÈSE: *'Mais c'est un peu comme si on était mort. . . .'* etc., etc. Cf. also the scene in which Créon, having managed almost to win Antigone round, loses her utterly when he endeavours to show her what the future holds for her (pp. 190–2, *Nouvelles Pièces Noires*). CRÉON: *'Marie-toi vite, Antigone, sois heureuse. La vie n'est pas ce que tu crois. C'est une eau que les jeunes gens laissent couler sans le savoir, entre leurs doigts ouverts. Ferme tes mains, ferme tes mains, vite. Retiens-la. Tu verras, cela deviendra une petite chose dure et simple qu'on grignote, assis au soleil. . . .'* and later Antigone asks: *'Je veux savoir comment je m'y prendrai, moi aussi, pour être heureuse. Tout de suite, puisque c'est tout de suite qu'il faut choisir. Vous dites que c'est beau la vie. Je veux savoir comment je m'y prendrai pour vivre,'* etc., etc.

v. Introduction.

p. 127 . . . j'avais pris mes precautions, sur les conseils de ce vieux renard d'Archevêque, dans cette lettre à mes bonnes villes, vous désavouant, . . . *v.* Note, p. 96. Concerning the indifference of the French court to Joan's capture, it is known that the Archbishop of Rheims gave out in his diocese that Joan had been captured because *'elle ne vouloit croire conseil, ains faisoit tout à son plaisir,'* and added that in any case she could be replaced by someone *'qui disoit ne plus ne moins qu'avoit fait Jeanne.'* A farm girl was in fact put at the head of an army by the Archbishop in 1431: she was captured by the English and thrown in a sack into the Seine.

p. 129 . . . que la petite carcasse à traîner modestement, au jour

le jour. . . . *'Carcasse'* is a favourite word with Anouilh for expressing the ravages life makes. Médée calls her Nurse *'carcasse'* because of her fierce instinct to live on whatever conditions; Lady Hurf in LE BAL DES VOLEURS describes herself as *'une vieille carcasse qui s'ennuie'*; Eurydice uses it about Orphée's father: *'Regarde-le maintenant cramponné à l'existence, avec sa pauvre carcasse ronflante avachie sur ce fauteuil.'*

p. 131 . . . **Quelque chose de laid.** *'Laid'* is perhaps the word above all that best expresses the hero's revulsion and is most often used by him in the moment of revolt. Those who like calling Anouilh a philosopher should compare Anouilh's use of the word *laid* with Camus' use of the word *absurde* v. v. Introduction.

Notice the way Joan takes Warwick's accusation of *laid* and *bête* on herself, in order to assure herself and make clear to us how vastly their worlds differ. Cf. ANTIGONE (p. 193, *Nouvelles Pièces Noires*). CRÉON: *'Tais-toi! Si tu te voyais criant ces mots, tu es laide.'* ANTIGONE: *'Oui, je suis laide! C'est ignoble, n'est-ce pas, ces cris, ces sursauts, cette lutte de chiffonniers. Papa n'a devenu beau qu'après, quand il a été bien sûr enfin, qu'il avait tué son père, que c'était avec sa mère qu'il avait couché. Et que rien, plus rien, ne pouvait le sauver. Alors, il s'est calmé tout d'un coup, il a eu comme un sourire, et il est devenu beau. C'était fini.* . . . *Ah! vos têtes, vos pauvres têtes de candidats au bonheur! C'est vous qui êtes laids, même les plus beaux. Vous avez tous quelque chose de laid au coin de l'œil ou de la bouche.'*

p. 131 . . . **Mais je ne veux pas que les choses s'arrangent.** . . . **Je ne veux pas le vivre, votre temps.** . . . For the hero there is always a flaw in the argument of those who try to persuade him to accept life, and this is the answer he gives to the terms they offer. v. Introduction. Cf. EURYDICE (p. 382, *Nouvelles Pièces Noires*) where Orphée says: *'Vivre, vivre! Comme ta mère et son amant, peutêtre, avec des attendrissements, des sourires, des indulgences, et puis des bons repas, apres lesquels on fait l'amour et tout s'arrange. Ah! non! Je t'aime trop pour vivre.'* And later in the same play, Monsieur Henri, when trying to persuade Orphée to follow Eurydice in death, affirms: *'La mort est belle. Elle seule donne à l'amour son vrai climat. Tu as ecouté ton père te parler de la vie tout à l'heure. C'était grotesque, n'est-ce pas, c'était lamentable Hé bien, c'était cela. Cette pitrerie, ce mélo absurde, c'est la vie.'*

Anouilh's heroes are people whose nature is to be in love. As far as living goes that is their weakness: they were not made for this world and they come to know it, yet they get a great deal from it—in a way more than the others, as Antigone chides Ismène, her sister (p. 147, *Nouvelles Pièces Noires*): '*Pas envie de vivre. . . . Qui se levait la première, le matin, rien que pour sentir l'air froid sur sa peau nue? Qui se couchait la dernière seulement quand elle n'en pouvait plus de fatigue, pour vivre encore un peu de la nuit? Qui pleurait déjà toute petite, en pensant qu'il y avait tant de petites bêtes, tant de brins d'herbe dans le pré et qu'on ne pouvait pas tous les prendre?*' Frédéric, in ROMÉO ET JEANNETTE (p. 347, *Nouvelles Pièces Noires*) tries to draw Jeannette out of her intransigence: '*Cette horreur, et tous ces gestes pour rien, cette aventure grotesque, c'est la nôtre. Il faut la vivre. La mort aussi est absurde.*' And Madame Alexandre in COLOMBE (p. 320, *Pièces Brillantes*) has the last word for the world against the hero when she attacks Julien, her priggish son: '*Toi qui empêches que ça roule.*' . . . '*Ceux qui sont redoutables c'est ceux qui empêchent que cela tourne en rond sur la terre, c'est ceux qui veulent absolument les donner, leurs tripes. . . .*' *v.* Introduction and Note, p. 25.

p. 132 . . . Je vous rends Jeanne! Pareille à elle et pour toujours! . . . ils vont l'avoir leur fête! In choosing death, Joan fulfils the destiny meant for her and with which her name is for ever associated. Anouilh's idea is that she becomes that name as we know it, so to speak; that she accepts the full meaning of her name and so becomes Joan of Arc with all that it connotes.

Cf. also (p. 402, *Nouvelles Pièces Noires*) Médée, at the moment of her sacrifice, crying out: '. . . *Je suis Médée, enfin, pour toujours!*', and Créon's attempts to soothe the Chorus after sending Antigone to her death (p. 196): '*Il fallait qu'elle meure. . . . C'est elle qui voulait mourir. Aucun de nous n'était assez fort pour la décider à vivre. Je le comprends maintenant, Antigone était faite pour être morte. Elle-même ne le savait peut-être pas, mais Polynice n'était qu'un prétexte. Ce qui importait pour elle, c'était de refuser et de mourir.*' *or* Cf. Note, p. 55.

p. 133 . . . on n'est pas de la même race, tous les deux. *v.* Introduction, p. 23.

p. 133 . . . appelez-les, tous les curés! Joan claimed that the priests had not kept their word after promising that she would be sent to an ecclesiastical prison, *v.* Note, p. 126. Even at this stage she argued according to Michelet, '*qu'on me donne une prison douce et sûre—je serai bonne et je ferai tout ce que voudra* *l'Eglise*'; on the other hand it was more than indignation that caused her to recant—'*ses saintes lui avaient dit que c'était grand' pitié d'avoir adjuré pour sauver sa vie.*'

p. 134 . . . Elle a droit à une croix comme les autres, cette fille-là! Shaw has the same incident.

p. 135 . . . tu serais en danger d'être brûlé, toi aussi. This is truly reported though the monk in question was not Ladvenu but probably Isambard, *v.* Introduction, p. 13.

p. 135 . . . O Rouen, Rouen, tu seras donc ma dernière demeure? Joan's actual words. Later, on the stake, she cried out, '*Ah! Rouen, Rouen, j'ai grand peur que tu n'aies à souffrir de ma mort!*' Other words from her on the stake are reported by Michelet on the evidence of witnesses, *v.* Note, p. 120. '*On l'entendait, dans le feu, invoquer ses saintes, son archange; elle répétait le nom du Sauveur. . . .*' '*Elle leur rendit témoignage: "Oui, mes voix étaient de Dieu, mes voix ne m'ont pas trompée." Enfin, laissant tomber sa tête, elle poussa un grand cri: "Jésus!"*' '

p. 136 . . . On n'a pas joué le sacre! An excellent example of Anouilh's dramatic technique giving a final and triumphant twist to his play. *v.* Introduction, p. 27.